シュガーアップル・フェアリーテイル

銀砂糖師と黒の妖精

三川みり

16225

角川ビーンズ文庫

CONTENTS

シュガーアップル・フェアリーテイル
銀砂糖師と黒の妖精

銀砂糖師と黒の妖精
シュガーアップル・フェアリーテイル
sugar apple fairy tale
戦士妖精
シャル
銀砂糖は好き？嫌い？
銀砂糖師の卵
アン
Key Word
銀《ぎん》砂《ざ》糖《とう》師《し》
王家御用達の聖なる砂糖菓子を作る特別職。
砂糖菓子品評会で、王家勲章をもらえた人だけが、
そう名乗ることができる。

……じゃあ、砂糖菓子作ってあげる。
わたし、砂糖菓子職人の端くれなのよ。
恋するお坊ちゃま
ジョナス
妖精
ミスリル
妖精
キャシー
謎の男
ヒュー

本文イラスト／あき

どうしたの？　アン。眠《ねむ》れないの？

いいのよ。そんな日もあるわ。

ならママが、昔話をしてあげようか。ハイランド王国に伝わる、妖精《ようせい》のお話。

そう、妖精。薄《うす》い羽が、背中にある人たちのことよ。お金持ちの家なんかで、働かされているのを見たことあるでしょう？

ほら、はやく毛布にくるまって。そう、いい子。それじゃあ、始めるわね。

ずっとずっと昔。人間が火を使うことも知らなかった、大昔。この国には、妖精の王国があった。妖精王がいて、妖精たちは王を中心にして、平和に暮らしていた。

妖精は自分たちの王国を、ハイランドと呼んだ。全《すべ》ての生き物の『いちばんてっぺんに立ってる国』って意味でね。そして彼らは、その頃《ころ》は知恵《ちえ》も力もなかった人間を、奴隷《どれい》にしていた。

ええ、そう。

今は人間が、妖精を使役《しえき》しているけれど。大昔は逆だった。妖精が、人間を支配していたの。

いい？　続けるわよ。

妖精たちは、平和を愛した。彼らは常に、美しいものと楽しみを追い求めた。

何百年も妖精は変わらず、おだやかに暮らした。

けれど人間は違《ちが》った。少しずつ、変わっていった。

人間は努力して、いつしか火を使うことを覚えた。知恵もつけた。そして人間たちは、とうとう気がつくの。自分たちは、妖精に支配される必要はないってことに。

今から五百年前。

人間たちは反乱を起こし、ハイランドを手に入れた。そして妖精を、人間の下僕としたの。

え？　うん、そうね。

今の妖精は、可哀想《かわいそう》ね。世間の人は妖精のことを『遊び暮らしたから人間に負けた、愚《おろ》かな奴《やつ》ら』って言う。けど、ママはそうじゃないと思う。妖精は人間よりも数が少なくて、人間との力比べに、負けてしまっただけだと思うの。

どうしてかって？　だってね、砂糖林檎《りんご》から銀砂糖を精製する方法を発見したのは、妖精だと伝えられているからよ。この世ではじめて砂糖菓子《がし》を作ったのは、妖精なの。

あんな素敵《すてき》なものを作る人々が、愚かであるはずない。

だから私たち砂糖菓子職人だけでも、妖精を蔑《さげす》んじゃいけない。

友達として、つきあわなくちゃいけないと思うの。

あなたも、ね、アン。アン？……あら。眠っちゃったのね。いい子ね、アン。おやすみ。

よく眠って、笑って。そして砂糖菓子みたいに、優《やさ》しい女の子になってね。

一章　かかしと妖精

正面から太陽が昇《のぼ》る。生まれたての陽《ひ》の光は、やわらかく白いアンの頬《ほお》を、明るく照らした。御者台《ぎょしゃだい》の上で、アンは手綱《たづな》を握《にぎ》った。木綿《もめん》のドレスの裾《すそ》から、すうっと冷たい風が吹《ふ》きこんだ。質素ながらも清潔な裾レースが、わずかに揺《ゆ》れる。

深呼吸して空を見あげた。

昨夜《ゆうべ》の雨が、大気の塵《ちり》を洗い流したらしい。秋の空は、高く澄《す》んでいた。

今日は旅立ちの日だ。手綱を両手で握りしめ、前方を見つめる。

道はぬかるみ、馬車の轍《わだち》がいくつも盛りあがっていた。

自分は今から、この道を一人で歩き出す。不安と緊張《きんちょう》は、痩《や》せた体いっぱいに広がっている。

だがわずかな希望も、胸に感じる。

その時だった。

「アン!!　待って、アン」

背後から声がした。

アンが乗る箱形馬車の背後には、素朴《そぼく》な石造りの家々が点在している。ハイランド王国北西部に位置する、ノックスベリー村だ。この半年、世話になった村だ。

アンは生まれてからずっと、母親のエマと二人で、旅から旅の生活をしていた。そのために半年もの間、同じ場所に留《とど》まったのはノックスベリー村がはじめてだった。

その村の方から、金髪《きんぱつ》で背の高い青年が駆《か》けてくる。ノックスベリー村で砂糖菓子店を営むアンダー家の一人息子《むすこ》、ジョナスだった。

「わっ、やば！」

首をすくめ、アンは馬に鞭《むち》を当てた。馬車が動き出すと、背後に向けて手をふった。

「ジョナス！　ありがとう。元気でね！」

「待ってくれ。アン。待って！　僕が嫌《きら》いなの!?」

「そういう問題じゃないから──、気にしないで──」

大声を返すと、息切れしながらジョナスが叫《さけ》ぶ。

「じゃあ、じゃあ、待ってくれよ!!」

「もう、決めたから。さよなら！」

二人の距離《きょり》は、みるみる離《はな》れる。ジョナスは徐々《じょじょ》に歩調をゆるめて、立ち止まった。息を切らしながら、呆然《ぼうぜん》とこちらを見つめる。

アンは今一度大きく手をふり、再び前を向いた。

「見守っていて……ママ」

今年の春先。元気と陽気がとりえだったエマが、病に倒《たお》れた。

そしてその時、たまたま逗留《とうりゅう》していたノックスベリー村で、身動きがとれなくなった。

よそ者のアンとエマに、村人たちは親切だった。

エマの病が治るまで村に逗留するようにと、村人たちは勧《すす》めてくれた。ジョナスの一家など、彼女たち親子に半年もの間、ただで部屋を貸してくれた。同業のよしみだったのだろう。

けれど。エマの病は治らなかった。半月前に、帰らぬ人となった。

『自分の生きる道を見つけて、しっかり歩くのよ。あなたならできる。いい子ね、アン。泣かないで』

それがエマの、最後の言葉だった。

葬儀《そうぎ》の手配や、国教会《こっきょうかい》への埋葬《まいそう》手続きなど。雑務に追われているうちに、哀《かな》しみは心の表面を滑《すべ》るように流れていった。哀しいと思うが、大声を出して泣けなかった。

エマは今、ノックスベリー村の墓地の隅《すみ》に眠っている。そう知っていながら、ぼんやりした靄《もや》が心を満たしているように感じるだけだ。

こまごました雑用が終わったのは、エマが死んで半月後。それと同時に、アンは旅立ちを決意した。

三日前の夜。アンは世話になったアンダー家の人々に、旅に出ると告げた。

『アン。君が一人で旅を続けるのは無理だよ。君はこの村に残ればいいじゃないか。そして……そうだな。僕のお嫁《よめ》さんになる？』

旅立ちの決意をしたアンの手を握って、ジョナスはそう囁《ささや》いた。そして柔《やわ》らかな金の前髪《まえがみ》をかきあげると、微笑《ほほえ》みながら、艶《つや》のある瞳《ひとみ》でアンを見つめた。

『ずっと、気になっていたんだ。君のこと』

アンとジョナスは半年、同じ家に寝起《ねお》きした。だが親しく話をしたことは、ほとんどなかった。そんな相手に求婚《きゅうこん》されるとは、思ってもみなかった。

ジョナスの整った顔立ちの中で、青い瞳はとりわけきれいだった。南の国から輸入される、高価なガラス玉のようだ。

好き嫌いを意識したことのない相手でも、その瞳で見つめられると、戸惑《とまど》った。求婚されるのが、嬉《うれ》しくないわけはない。しかしそれでもアンは、旅立つことに決めたのだ。ジョナスに別れを告げると、ひきとめられると思った。だから早朝、こっそりと村を出ようとした。けれどやはり感づかれたのだろう。ジョナスは追ってきた。

「結婚……」

ぼんやりと、口に出してみる。まるで自分とは、縁《えん》のない言葉に感じる。

ジョナスは村で、女の子の人気を一身に集めていた。

彼の家が裕福《ゆうふく》な砂糖菓子店であるということも、もちろん、人気の理由の一つではある。

ノックスベリー村のような田舎《いなか》に住んでいても、ジョナスは、砂糖菓子職人の大派閥《だいはばつ》の一つ、ラドクリフ工房《こうぼう》派の創始者の血筋にあたる。

彼は、次期ラドクリフ工房派の長《おさ》に選ばれる可能性があるらしい。

近いうちにジョナスは、派閥の長となるための修業《しゅぎょう》で、王都ルイストンへ行くのではないか。村では、もっぱらそう噂《うわさ》されていた。

砂糖菓子派閥の長といえば、運が良ければ、子爵《ししゃく》になる可能性だってあるのだ。

そんなジョナスは、村の娘《むすめ》たちからすれば、まさに王子様にも等しい存在だろう。

それに比べてアンは、十五歳の年齢《ねんれい》にしては小柄《こがら》だ。痩せていて、手足が細くて、ふわふわした麦の穂《ほ》色の髪《かみ》をしている。行く先々で「かかし」とからかわれた。

ついでに言うと、財産といえば古びた箱形馬車一台と、くたびれた馬一頭だ。

裕福な金髪の王子様が、貧しいかかしに結婚を申し込んだ。夢みたいな話だ。

「まあね。王子様が、本気でかかしに恋《こい》するはずないもんね」

アンは苦笑《くしょう》混じりに呟《つぶや》くと、馬に鞭を当てる。

ジョナスはもともとプレイボーイで、女の子には特に優しい。その彼が、アンに結婚を申し込む気持ちになったのは、彼女の身の上に同情したとしか考えられなかった。

同情で結婚など、いやだった。それに王子様と結婚して、めでたしめでたし──そんなお伽《とぎ》話《ばなし》のお姫《ひめ》様が、生きがいのある人生だとは思えない。

ジョナスは嫌いではなかった。だが彼と生きる人生に、魅力《みりょく》を感じない。

自分の足で生きている実感を踏《ふ》みしめる、そんな生活がしたかった。

アンの父親は、アンが生まれて間もなく内戦に巻き込まれて死んだという。

けれどエマは女一人、アンを育て、生きてこられた。

それもこれもエマには、銀砂糖師という、立派な職があったからだ。

砂糖菓子職人は、ハイランド王国の至る所にいる。しかし王家が最高の砂糖菓子職人と認めた銀砂糖師は、ハイランド国内にごくわずかしか存在しない。

エマは二十歳《はたち》の時に銀砂糖師になった。

銀砂糖師の作る砂糖菓子《がし》は、普通《ふつう》の砂糖菓子職人が作ったものとは、比べものにならない高値で売れる。だが田舎の村や町に留まっていては、高価な砂糖菓子は頻繁《ひんぱん》に売れない。

王都ルイストンであれば、たくさんの需要《じゅよう》がある。だが王都には有名な銀砂糖師が集まっているから、彼らとの競争に勝ち抜《ぬ》くのは大変だ。

そこでエマは砂糖菓子を必要とする客を求めて、王国中旅をすることを選んだ。

逞《たくま》しくて底抜けに明るいエマが、好きだった。

旅は過酷《かこく》で危険だったが、自分で稼《かせ》ぎ、自分の足で歩いている手応《てごた》えがあった。楽しかった。

——ママみたいな銀砂糖師になれれば、素敵《すてき》。

昔から、ぼんやりそう思っていた。エマが死に、今後の自分の生き方を決めなくてはならなくなったとき、母親への思慕《しぼ》と尊敬が、決意となってアンの胸の中に芽吹《めぶ》いた。

——わたしは、銀砂糖師になる。

しかし銀砂糖師になるのは、並大抵《なみたいてい》のことではない。それもよく知っていた。

毎年ルイストンでは、王家が砂糖菓子品評会を主催《しゅさい》する。銀砂糖師になるためには、その品評会に参加し、最高位の王家勲章《くんしょう》を勝ち取る必要がある。

エマは二十歳の時その品評会に参加し、王家勲章を授与《じゅよ》された。そして銀砂糖師と名乗ることを許された。

砂糖菓子は、砂糖林檎《シュガーアップル》から精製される銀砂糖で作られる。銀砂糖以外の砂糖で、砂糖菓子を作ることはない。銀砂糖以上に、砂糖菓子が美しいできばえになる砂糖は存在しないからだ。

砂糖菓子は、結婚や葬儀、戴冠《たいかん》、成人と、様々な儀式で使われる。

砂糖菓子がなければ、全《すべ》ての儀式は始まらないとまで言われる。

銀砂糖は、幸福を招き、不幸を祓《はら》う。甘き幸福の約束と呼ばれる、聖なる食べ物。

ハイランドが、まだ妖精《ようせい》に支配されていた時代。妖精たちは銀砂糖を使って作られた砂糖菓子を摂取《せっしゅ》することで、寿命《じゅみょう》を延ばしたと伝えられている。

銀砂糖で作られた美しい砂糖菓子には『形』という、神秘のエネルギーが宿るというのだ。

人間が銀砂糖や砂糖菓子を食べても、もちろん、寿命が延びることはない。

しかし妖精の寿命を延ばす神秘の力を、人間も、受け取ることができるらしかった。

実際、美しい砂糖菓子を手に入れ食せば、度々《たびたび》、時ならぬ幸運が舞《ま》いこむのだ。間違《まちが》いなく、幸運がやってくる確率があがる。

それは人間が数百年かけ、経験から理解した事実だった。

王国が銀砂糖師という厳格な資格を規定したのも、そんな事実があるからこそ。

王侯《おうこう》貴族たちは、最も神聖で美しい砂糖菓子を手に入れ、自分たちに強大な幸福を呼びこみたいのだ。国の安寧《あんねい》を祈《いの》る秋の大祭のおりには、砂糖菓子の出来不出来で、国の行く先の吉《きっ》凶《きょう》が決まるとさえ言われる。

今年も例年どおり、秋の終わりに、ルイストンで品評会が開催される。

アンはそれに参加するつもりだった。

毎年たった一人にしか許されない、銀砂糖師の称号《しょうごう》だ。

現在国内にいる銀砂糖師は、エマが亡《な》くなり二十三人だと聞いている。

簡単になれるものではない。

だが自信はあった。だてに十五年、銀砂糖師の仕事を手伝ってないつもりだ。


左右に小麦畑が広がる道を、馬車は進んだ。

日が高くなる頃《ころ》に、ノックスベリー村の周辺で最も大きな町、州都レジントンに到着《とうちゃく》した。

レジントンは、円形の広場を中心にして放射状に広がる城下町だ。高台には、レジントン州を治める州公の城があり、レジントンの町を見おろしている。

町中をゆっくりと馬車で進んでいくと、目の前に人だかりができていた。

人だかりのために、道はふさがれている。

肩《かた》をすくめて、御者台《ぎょしゃだい》を降りた。こちらに背を向けている農夫の肩を、軽く叩《たた》く。

「ねぇ、ちょっと。みんな、なにしてるの。道、ふさがってて馬車が通れないんだけど」

「いや……通ってもいいんだが。お嬢《じょう》ちゃん。あんたあれを突《つ》っ切る勇気があるか？」

「あれって？」

農夫の脇《わき》の下を潜《くぐ》るようにして、アンは人々が見ているものを覗《のぞ》きこんだ。

泥《どろ》のぬかるみの中に、屈強《くっきょう》な男の姿があった。背に弓をくくりつけ、腰《こし》には長剣《ちょうけん》をさげている。革《かわ》のブーツをはき、毛皮のベストを着ている。狩人《かりゅうど》だろう。

「こいつ、この性悪め!!」

狩人は声を荒《あら》げながら、何度も何度も、泥の固まりを踏みつけている。泥の飛沫《しぶき》があがる。

泥の固まりは踏まれるたびに、ギャッと声をあげる。

よく見るとその泥の固まりは、人間の掌《てのひら》ほどの大きさで、人の形をしていた。うつぶせているその背中からは、泥をはじく半透明《はんとうめい》の薄《うす》い羽が一枚生えている。

「あれは、妖精!?　なんてひどい！」

アンが小さく悲鳴のような声をあげると、農夫がうなずく。

妖精は、森や草原に住む人間に似た生き物だ。大きさも姿も様々で多くの種類がいるが、背中に二枚の、半透明の羽があるのが特徴《とくちょう》だ。

妖精には特殊《とくしゅ》な能力があり、うまく使役《しえき》すれば、様々な仕事をさせることができる。

王族や貴族、騎士《きし》たちは、目的により、たくさんの妖精を使役していると聞く。

庶民《しょみん》でも中流の家庭には、家事を手伝わせる妖精が一人くらいいるものだ。

ノックスベリー村のジョナスの家にも、掌くらいの大きさの、キャシーという名の妖精がいた。キャシーはジョナスの身の回りの世話をしたり、砂糖菓子の仕込みの手伝いをしていた。

「あの妖精狩人が使役してる、労働妖精だ。自分の片羽を盗《ぬす》んで、逃《に》げようとしたんだよ」

農夫は声をひそめ、妖精狩人をそっと指さした。

妖精狩人の手には、薄い羽が握《にぎ》られていた。泥まみれの妖精の背にある羽と、対《つい》になっていた一枚だろう。

妖精を使役するために、使役者は妖精の片方の羽をもぎ取り、身につける。

羽は、妖精の生命力の源だ。羽が体から離《はな》れても、妖精は生きていられるという。だが羽が傷つけられると、衰弱《すいじゃく》して死ぬ。

人間にたとえるならば、羽は心臓だ。誰《だれ》しも心臓を鷲摑《わしづか》みにされていれば、恐怖《きょうふ》におののく。心臓を握る者には、逆らえなくなる。

だから使役者は、片方の羽をもぎ取ることで、妖精を意のままに動かせるのだ。

しかし妖精とて、奴隷《どれい》でいたいわけはない。使役者の目を盗み、自分の羽を取り戻《もど》して逃げようとする者は多い。

「いくら妖精でも、あの仕打ちはひどい」「あの妖精、死ぬぞ」と人々は囁《ささや》きながらも、だれ一人動かない。

アンはとなりの農夫や、周囲の男たちを見あげた。

「ちょっと、みんな！　あんなひどい真似《まね》、とめなくていいの⁉」

しかし周囲の者は、自信なさそうに視線をそらす。

農夫が弱々しく呟く。

「可哀想《かわいそう》だが。妖精狩人は、気性《きしょう》が荒い。仕返しが怖《こわ》いし……それにあれは、妖精だ……」

「妖精だからって、なに⁉　ぐずぐずしてたら、あの子死んじゃう。いいわ、わたしが行く！」

アンは農夫を押しのけて、一歩踏《ふ》み出した。

「おい、お嬢ちゃん。あんたみたいな子供が、やめとけって」

「子供じゃないわ。わたしは十五歳。この国じゃ女の子は、十五歳から成人でしょ。わたしは立派な大人。ちゃんとした大人なのに、なぶり殺される妖精を見殺しにしたなんて、一生自分を恥《は》じるわ。冗談《じようだん》じゃない」

アンはしゃんと背筋を伸《の》ばし、ずんずんと妖精狩人の方へ歩いていく。

妖精狩人は興奮しているのか、アンに気がつかない。妖精をブーツの底に踏みつけたまま、手にした妖精の羽を両手で握る。

「おまえの羽なんぞ、こうしてくれる」

「やめろよ、このやろう！　やめろ!!」

妖精はそれでも勇ましく、小さな手足をばたばたと動かして、泥を撥《は》ねあげた。キンキンした、甲高《かんだか》い声で怒鳴《どな》る。

しかし妖精狩人の手は容赦《ようしや》なく、羽を引き絞《しぼ》った。

妖精は泥の中で悲鳴をあげる。

「盗《ぬす》っ人《と》妖精なんぞ、殺してやる」

羽を引きちぎろうと、妖精狩人の手に力がこもった瞬間《しゆんかん》、アンは妖精狩人の背後に立っていた。腰を落として、構えた。

「ちょっと、失礼!!」

声とともに、ドレスの裾《すそ》がぱっと撥ねる。アンは、妖精狩人の膝裏《ひざうら》を片足で強く蹴《け》り飛ばした。アンの得意技《とくいわざ》、必殺、膝カックン。

油断しきっていた妖精狩人は、がくっと膝が折れる。体の均衡《きんこう》を崩《くず》した。口を「お」の形に開いたまま、泥の道に顔から倒《たお》れこむ。

野次馬《やじうま》たちがどっと笑うのと同時に、ブーツの底から解放された妖精が、ぴょんと跳ね起きた。アンは男の頭を飛び越《こ》えると、彼の手から素早《すばや》く妖精の羽をもぎ取った。

「てめぇ!!」

妖精狩人が喚《わめ》きながら、泥まみれの顔をあげる。

アンは軽く飛び退《の》いて、呆然《ぼうぜん》と立ちつくす妖精に、取り戻した羽を差しだした。

「ほら。これ。あなたのでしょう」

はっとしたように、妖精は羽をひったくった。泥にまみれた顔の中で、青い目だけは異様にぎらついて光っている。妖精はアンを見あげると、

「ケッ！　人間に、礼なんか言わないからなっ!!」

吐《は》き捨てるように言うと羽を抱《かか》え、野次馬の足もとを駆《か》け抜《ぬ》けた。わっと声をあげて道をあける人々を尻目《しりめ》に、妖精は疾風《しっぷう》のような速さで町外れに向かって姿を消した。

アンは肩をすくめる。

「まぁ、ね。わたしも、憎《にく》い人間の仲間だもんね」

「どうしてくれる小娘《こむすめ》!! 大事な労働妖精を、逃がしやがったな!!」

ごつい顎《あご》から泥水をしたたらせ、喚きながら妖精狩人が立ちあがる。

アンは妖精《ようせい》狩人に向きなおり言った。

「だっておじさん、あの妖精を殺すつもりだったんでしょう。それなら、いなくなるのと同じじゃない？」

「なんだと!?」

いきり立つ妖精狩人は、腕《うで》をふりあげた。

しかし彼らを取り囲んだ野次馬が、一斉《いっせい》に非難の声をあげる。

「だいの男が、そんな子供に手をあげるのか!?」

「その子の言うとおりだろうが！」

「あんた、ちょっと野蛮《やばん》すぎるよ!!」

野次馬の非難を受けて、男はひるむ。アンは臆《おく》することなく、まっすぐ男を見あげる。

低く呻《うめ》くと、妖精狩人はあげた手をおろした。

「ありがとう。おじさんが優《やさ》しい人で良かった。こんな優しいおじさんなら、これからは妖精にも、優しくしてくれるよね。よかった！」

嫌《いや》みたらしくにこりと微笑《ほほえ》みかけると、妖精狩人は怒《おこ》っているような笑っているような、なんともいえない表情になった。

アンは「じゃあね」と軽く妖精狩人に挨拶《あいさつ》して、やんやと褒《ほ》めそやす野次馬の間を抜けて馬車の御者台に戻った。憤然《ふんぜん》と呟《つぶや》く。

「まったく、頭に来る。ひどいことしすぎよ。妖精だからって、なんだっていうのよ」

妖精は姿こそ、少し人間と違《ちが》う。だが感情と意思を持ち、人語を話す。人間と変わらないとアンは思う。そんな人々を奴隷のように使役することに、良心が痛まない方がどうかしている。

だからエマも、けして妖精を使役しなかった。

妖精を使役しない。それがエマとアンの信条だった。だが――。

アンはふと、暗い表情になる。

「……でも。……わたしもこれから……ひどいことするんだよね……」

アンは再び、馬に鞭《むち》をくれて馬車を進めた。

町の中心部に来ると、遊んでいる数人の子供を呼び止めて小銭《こぜに》を渡《わた》した。そしてしばらくの間、馬車を見張ってくれるように頼《たの》んだ。子供たちは、快く引き受けてくれた。

馬車を降りると、円形広場に向かう。

広場には、テントが不規則に並んでいる。

テントは、布に獣脂《じゅうし》を塗《ぬ》ったものだ。独特の脂臭《あぶらくさ》さがある。そのテントの下には、食材や布や銅製品など、様々な品物が並べられている。市場だ。人でごった返している。

つんと酸《す》っぱくて甘い香《かお》りで鼻をくすぐるのは、温めた葡萄酒《ぶどうしゅ》を飲ませるテント。秋から冬にかけての、市場名物だ。

肩《かた》が触《ふ》れあうほど混雑した市場を通り抜けると、人通りの少ない場所に出た。

その一郭《いっかく》は閑散《かんさん》としていた。店はかなりの数出ているが、客が極端《きょくたん》に少ない。

近くのテントに目をやる。

蔦《つた》を編んだ籠《かご》が、テントの横木に吊《つる》されていた。籠の中には、掌大《てのひらだい》の小さな妖精がいる。背には、半透明《はんとうめい》の羽が一枚。籠はずらりと、五、六個も並ぶ。籠の中に座る小さな妖精は、うつろな目でこちらを見ていた。

その隣《となり》のテントには、子犬ほどの大きさの、毛むくじゃらの妖精が三人。首輪で鎖《くさり》に繋《つな》がれていた。背には透明な羽が一枚きり、しおれたようにぶらさがっている。毛むくじゃらの妖精たちは、歯をむき出してアンを威嚇《いかく》した。

ここは妖精市場だ。

妖精狩人《かりゅうど》は、森や野原で妖精を狩《か》り、妖精商人に売る。妖精商人はその商品となる妖精の片羽をもぎ取り、適当な値段をつけ、妖精市場で売りさばく。

王都ルイストンへ向かうつもりならば、レジントンを経由すると少し遠回りになる。にもかかわらずこの町に立ち寄ったのは、この町の市場に、妖精市場が併設《へいせつ》されていると知っていたからだ。

アンは近くのテントに近寄ると、妖精商人に声をかけた。

「ねぇ。戦士妖精は、売っていないの？」

すると妖精商人は首をふった。

「うちは扱《あつか》ってねぇよ。そんな危なっかしいもの」

「じゃあこの市場で、戦士妖精を扱っている人を知らない？」

「一軒《いっけん》だけあるぜ。あっちの壁際《かべぎわ》のテントにいるじいさんが、扱ってるけどな。やめときなお嬢《じょう》ちゃん。ありゃ、不良品だ」

「そうなの？　まあ、とりあえず行ってみる。ありがとう」

礼を言うと、歩き出す。

妖精商人は妖精を、その能力や容姿によって売り分ける。

大半の妖精は労働力として、労働妖精と称《しょう》して売る。

外見が美しいもの珍《めずら》しいものは、観賞用として、愛玩《あいがん》妖精と称して売る。

特に凶暴《きょうぼう》なものは、護衛や用心棒に使えるので、戦士妖精と称して売る。

アンは戦士妖精を買うために、妖精市場に来たのだ。

これからアンは砂糖菓子《がし》品評会に参加するために、ルイストンへ行く。

ノックスベリー村やレジントンがある王国西部から、ルイストンへ続く街道《かいどう》は、ブラディ街道と呼ばれる。危険な街道だ。街道沿いには荒《あ》れ地が続き、宿場町や村が存在しない。土地が貧しいために、食い詰《つ》めたすえに盗賊《とうぞく》となる輩《やから》も多く、また野獣《やじゅう》も多い。

エマとて、旅を続ける道中には避《さ》けて通った街道だ。

南に迂回《うかい》して、安全な街道を選んでルイストンに向かう方法もある。

しかしそれでは、今年の品評会には間に合わない。

アンはどうしても、今年の品評会に間に合いたかった。それはひどく感傷的な理由からだった。自分でもわかっていた。けれど、その感傷的な理由にすがり、なにか目の前に目標をかかげていなければ、足もとがぐらつきそうだった。

——絶対今年、銀砂糖師になる。わたしは、決めたんだから。

ぐっと視線をあげる。

ブラディ街道を行くには、護衛が必要だ。

けれど残念ながら、信頼《しんらい》できる護衛はなかなか見つからないものだ。

そうなると選択肢《せんたくし》は、戦士妖精しかない。妖精は、羽を持っている主人に逆らえない。護衛

としては、最も信頼できる。

今年、銀砂糖師になりたいという大きな望み。そのためにアンは、「妖精を使役《しえき》しない」と

いう信条を曲げようとしていた。

教えられた辺りに来ると立ち止まり、ぐるりと見回す。

どこのテントで、戦士妖精が売られているのだろうか。

左のテントには、掌大の妖精が、籠に入れられて吊《つ》り下げられている。労働妖精として売ら

れているのだろう。

右のテントには、小麦の粒《つぶ》のように小さな可愛《かわい》らしい妖精が、ガラス瓶《びん》に入れられて、卓《たく》の

上にいる。あの大きさでは労働力にはなるまいから、愛玩妖精だろう。子供が玩具にして遊ぶ

ために売られているのだ。

そして正面の、つきあたりにあるテント。そのテントの売り物は、妖精一人だけだった。

テントの下になめし革《がわ》の敷物《しきもの》が敷《し》かれ、妖精がその上に片膝《かたひざ》をたてて座っている。足首に鎖が巻かれ、地面に打ち込んだ鉄の杭《くい》に繋がれている。

その妖精は、アンよりも頭二つ分ほど上背がありそうな、青年の姿だ。

黒のブーツとズボンをはき、柔《やわ》らかな上衣《うわぎ》を着ている。黒で統一された装いは、妖精商人が、商品価値を高めるために着せたものだろう。妖精の容姿が際《きわ》だつ。

黒い瞳《ひとみ》に、黒い髪《かみ》。鋭《するど》い雰囲気《ふんいき》がある。陽《ひ》の光にさらされたことがないようにすら見える白い肌《はだ》は、妖精の特徴《とくちょう》だ。

その背に、半透明の柔らかな羽が一枚ある。まるでベールのように、敷物の上に伸《の》びている。

綺麗《きれい》な容姿をした妖精だった。そこはかとなく、品も感じられる。

これは愛玩妖精に違いない。貴族のご婦人が、観賞用に高値で買い求めそうだ。

さらりと額にかかる前髪の下で、妖精は目を伏《ふ》せている。睫《まつげ》に、午後のけだるい光が躍《おど》る。

その姿を目にしただけで、背がぞくりとするような、快感めいたものすら感じた。

——綺麗なんてものじゃない……。

その長い睫に引き寄せられて見つめていると、ふと妖精が顔をあげた。

目があった。妖精は、アンをまっすぐ見つめた。

何か考えるように、妖精はしばらく眉根《まゆね》を寄せていた。が、すぐに納得《なっとく》したように、呟いた。

「見覚えがあると思ったら、かかしに似てるのか」

そして興味をなくしたように、ふいと、アンから視線をそらした。

「し……し、失礼な……花盛りの、年頃《としごろ》の女の子に向かって」

妖精の独り言に、アンは握《にぎ》り拳《こぶし》を固めた。

「盛りも、たかがしれてる」

そっぽをむきながらも、妖精《ようせい》がずけっと言った。

「なんて言いぐさ——!?」

その失礼な妖精を売っているのは、妖精商人の老人だ。テントの横でたばこを吹《ふ》かしていた。

アンが眉を吊りあげているのを見ると、妖精商人は、やれやれといったふうに口を開いた。

「悪いね、お嬢ちゃん。うちの商品は、口が悪い。通りがかりの人間に、だれかれかまわず悪態をつくんだ。気にせず、行ってくれ」

「気にするわよ! 余計なお世話かもしれないけど、こんなに口が悪くちゃ、愛玩妖精としては売れないわよ、きっと! 売るのを諦《あきら》めて、逃《に》がしてあげたら!?」

「こいつは愛玩妖精じゃねぇよ。戦士妖精だ」

アンは目を丸くした。これが教えられた、戦士妖精を売るテントだったらしい。

だが信じられなかった。

「戦士妖精!? 嘘《うそ》でしょう? どうみても、愛玩妖精として売られるほうが妥当《だとう》だわ。わたし、戦士妖精を見たことあるけど。ものすごく大きくて、岩みたいにごつかった」

「これも戦士妖精さ。こいつを狩るのに、妖精狩人が三人も死んだってほどの、逸品《いっぴん》だ」

不審《ふしん》もあらわな表情で、アンは腕組《うでぐ》みした。

「さっきのおじさんが、不良品だって言ったわけよね。戦士妖精って言うけど、実は口の悪い愛玩妖精を売るために、戦士妖精だって言い張ってるだけじゃないの？」

「妖精商人は信用が第一だ。嘘はつかねぇ」

アンは、妖精に視線を戻《もど》した。

妖精は再び、アンを見ていた。なにが面白《おもしろ》いのか、薄笑《うすわら》いを浮《う》かべている。

不敵な表情だ。確かに、おとなしい妖精には見えない。なにかやらかしそうな雰囲気はあるが、だからといって戦士妖精として役に立つほど、強そうにも見えない。

「わたし、戦士妖精が欲しいんだけど……この人以外、いないの？」

訊《き》くと、妖精商人は首をふった。

「戦士妖精は、扱いがむずかしい。一度に一匹《いっぴき》しか扱えないさ。わしが売っているのは、こいつだけ。ついでに言うと、この妖精市場で戦士妖精を売ってるのは、わしだけだ。六十キャロン北のリボンプールに行けば、戦士妖精を売ってる妖精商人が、もう一人いるがね」

「リボンプールまで遠回りしてたら、品評会に間に合わない」

親指の爪《つめ》を噛《か》んで、アンは唸《うな》った。

「こら。かかし」

ふいに、妖精が口を開いた。アンはキッと妖精を睨《にら》んだ。

「かかしって、この、花も恥《は》じらう十五の乙女《おとめ》。ワタクシのことかしら!?」

「おまえ以外に、誰《だれ》がいる。ぐずぐず迷うな。俺を買え」

一瞬《いっしゅん》、アンはぽかんとした。

「……買えって……め、命令……？」

妖精商人も驚《おどろ》いた表情をしたあとに、腹を抱《かか》えて笑いだした。

「こりゃ、いい！　こいつが自分を買えなんぞと言ったのは、はじめて聞いた。このお嬢ちゃんに一目《ひとめ》惚《ぼ》れでもしたか？　どうだい、お嬢ちゃん。こりゃあ買うしかねぇだろう。大特価で百クレスだ。この口の悪ささえなけりゃ、愛玩妖精として売りたいくらいだからな。愛玩妖精なら三百クレス出しても、欲しいって奴《やつ》はいるはずだ」

「口が悪くなけりゃの話でしょ～」

しかし妖精商人が提示した金額は、確かに安かった。戦士妖精や愛玩妖精は数が少ないので、高価なのだ。百クレスは金貨一枚。それで戦士妖精が買えるのは、破格の安値だ。

「ねぇ、あなた。自分から買えって言うからには、戦士妖精として自信があるの？」

訊くと、妖精はちらりと目を光らせてアンを見あげた。

「俺に、なにをさせたい」

「護衛よ。わたしはこれから、一人でルイストンへ行くの。その道中を守って欲しいの」

妖精は、自信ありげに微笑《びしょう》する。

「わけない。ついでにサービスで、キスくらいしてやってもいい」

「そんな高飛車なサービス、いらないわよ！　しかも大切なファーストキスを、サービスなんかで奪《うば》われたら、たまったもんじゃない」

「お子様だな」

「悪かったわね！　お子様で！」

できるならば、もっと真面目《まじめ》でおとなしそうな戦士妖精がいいに決まっていた。しかし、リボンプールまで遠回りしている時間はない。アンは決断した。

――仕方ない!!　多少、口が悪くたって、贅沢《ぜいたく》言ってられない。

ドレスのポケットに突《つ》っ込んであった、麻袋《あさぶくろ》を取り出す。その口を開き、銅貨の中に紛《まぎ》れた唯一《ゆいいつ》の金貨を握る。

「おじいさん。この妖精、買うわ」

「へへ、思い切ったね。お嬢《じょう》ちゃん」

商人は黄色い歯を見せて笑った。アンが金貨を差し出すと、妖精商人はその金貨をとっくり検分して受け取った。そして首にかけていた小さな革袋《かわぶくろ》をはずす。

「じゃあ、羽を確認《にんかく》しな」

妖精商人は小さな革袋の口を開けると、中から掌《てのひら》ほどの大きさにたたまれた、透明《とうめい》な布のようなものを取り出す。その端《はし》を持って一ふりすると、たたまれていたものがはらりと広がる。

アンの背丈《せたけ》ほどもある羽が、目の前に現れた。

光線の加減によって、七色の光を弾《はじ》く半透明の羽は、触《ふ》れるのがためらわれるほど美しかった。折りたたまれていたにもかかわらず、布のように、皺《しわ》やよれがない。手を伸ばしてそっと触れると、絹に似た感触《かんしょく》がした。そのなめらかさに、ぶるりと震《ふる》えがくる。

「これが、彼の羽？」

「そうさね。証明してやろうか」

言うなり妖精商人は、羽の端と中程《なかほど》を握ると、引き絞《しぼ》るように力を込めた。その途端《とたん》、テントの下にいた妖精が呻《うめ》いた。

妖精は体を抱えるようにして、全身を強《こわ》ばらせていた。歯を食いしばる。

「やめて!! わかったから、やめて!!」

アンの言葉に、妖精商人は力を緩《ゆる》めた。

妖精の体から力が抜《ぬ》け、地面に片手をつく。彼は顔をあげると、妖精商人をぎらりと睨む。

妖精商人は羽を折りたたみ、元の袋に戻すとアンに手渡《てわた》した。

「これを肌身《はだみ》離《はな》さず、首にかけるんだ。とにかく、気をつけなよ。この袋があんたの手から離れたら、妖精は、なにをしでかすかわからねぇよ。わしのしりあいで、使役《しえき》していた戦士妖精に羽を取り戻されて、殺された男がいる。戦士妖精は凶暴《きょうぼう》だ。凶暴だから、戦士妖精として売れるんだ。羽を取り戻したら、ただ逃げ出すだけじゃすまねぇ。使役者を殺す可能性が高い」

「でも眠《ねむ》るときとか、どうすればいいの？ 寝首《ねくび》を掻《か》かれたりしないの？」

「眠るときは必ず、羽を服の下に隠《かく》して、抱《だ》いて寝《ね》るんだ」

「それで、平気？」

「考えてみな。自分の心臓を、鷲摑《わしづか》みにしている相手だ。殺した拍子《ひょうし》に、そいつがギャッと力を入れて、心臓を握りつぶされたら……。特に妖精の羽は脆《もろ》いからな。怖《こわ》くて滅多《めった》な真似《まね》はできねぇ。羽を握られてるってことは、妖精の本能に訴《うった》える恐《おそ》ろしさだからな。今のこいつの苦しみようを、見ていたろう」

確かにあの苦しみかたを見れば、おいそれと手出しはできないと思える。

相手を恐怖《きょうふ》と苦痛で支配することを実感し、妖精を使役することへの憂鬱感《ゆううつかん》が増した。

「気をつけなよ。特にこいつは、今まで買われようとするたびに、この顔から想像もつかねぇ悪態を吐《つ》きまくって、客を怒《おこ》らせて売れ残ってるような奴だ。こいつがお嬢ちゃんに買われようとしてるのは、なんの気まぐれかしらねぇが、奇跡《きせき》だ」

「この人、そんなに厄介《やっかい》なの!?」

「買うの、やめるかね？」

アンは少し考えたが、首を横にふる。

「リボンプールに行く時間は、ないもの。買うわ」

「なら、いいかね。羽は、気をつけて扱《あつか》うんだ。こいつに絶対、取られないようにしな」

アンが頷《うなず》くと、妖精商人は、妖精の足から鎖《くさり》を外しにかかる。

妖精は刃《やいば》のような薄笑いを浮かべて、妖精商人に囁《ささや》く。

「待ってろ。いつか、殺しに来る」

「そりゃあ、いいな。楽しみにしているよ」

物騒《ぶっそう》な挨拶《あいさつ》を受け流すと、妖精商人は鎖を外した。

妖精は立ちあがった。長身だった。陽《ひ》を受けて虹色《にじいろ》に輝《かがや》く羽が、膝裏《ひざうら》まで伸《の》びている。

「とりあえず。わたしは、あなたを買ったから。よろしくね」

アンが言うと、妖精は綺麗《きれい》な顔で微笑《ほほえ》んだ。

「金貨を持ってるとは、景気がいいな。かかし」

「かかしって呼ばないで！　わたしは、アンよ」

アンと妖精《ようせい》のやりとりを聞いて、妖精商人は不安そうな顔をした。

「お嬢ちゃん、本当にこいつを使役できるのかい？」

「使役できるさ。なあ、かかし？」

と、答えたのは当の妖精だ。馬鹿《ばか》にしたような顔で見おろされ、アンはさらに怒鳴《どな》った。

「アンよ！　アン・ハルフォード！　今度かかしって呼んだら、ぶん殴《なぐ》るから！」

「……大丈夫《だいじょうぶ》かね」

妖精商人の呟《つぶや》きに、アンは妖精を睨みながら、鼻息も荒《あら》く答える。

「ええ！　大丈夫よ。心配しないで、おじいさん。さあ、あなたは一緒《いっしょ》に来て」


「ねぇ、あなた名前は？」

御者台《ぎょしゃだい》の上から馬に鞭《むち》を当て、アンは隣《となり》に座る妖精に訊いた。

妖精はもてあましぎみに長い足を組んで、腕組みし、御者台の背もたれにもたれかかっている。ふんぞり返っていると言っていい。あくせく馬を操《あやつ》るアンと妖精と、どちらが偉《えら》そうかと言えば、妖精のほうが百倍偉そうだった。

妖精はめんどくさそうに、ちらりとアンを見た。

「聞いてどうする」

「だってあなたのこと、どう呼べばいいかわからないじゃない」

「トムでもサムでも、人間流の好きな名前で呼べばいい」

妖精を使役する時は通常、使役者が妖精に名前をつけるものだ。しかしアンは、それがいやだった。自分の本当の名前を呼ばれないのは、屈辱《くつじょく》的だと思うからだ。

「わたしだったら、自分の本当の名前で呼んでもらいたいわ。あなたも、そうじゃないの？勝手に名前をつけて呼ぶなんて、したくないの。だから、あなたの名前を教えて」

「どう呼ばれようが、関係ない。くだらないことを訊《き》くな。勝手に名前をつけて、勝手に呼べ」

妖精は、そっぽを向く。アンは彼の横顔をちろりと見て言った。

「じゃ、カラスって呼ぶけど？」

さすがに妖精も、ものすごくいやそうな顔をしてアンを見た。

「かかしの仕返しか？」

「そうよ。カラスさん」

妖精は眉《まゆ》をひそめた。そしてしばらくの沈黙《ちんもく》の後に、ぽつりと言った。

「シャル・フェン・シャル」

「それが名前？」

訊くと、頷いた。アンは微笑んだ。

「綺麗な名前ね。カラスより、ずっと素敵《すてき》。シャル・フェン・シャルって、どこが名前で、どこが名字なの？」

「全部が名だ。人間のような、姓《せい》と名の区別はない」

「そうなの？　でもシャル・フェン・シャルって長すぎるから……、とりあえずシャルって呼ぶけど。それでいい？」

「好きなようにと、言ったはずだ。おまえは、俺の使役者だ」

「まあ……そうだよね」

あらためて妖精の口から言われると、気持ちのよいものではなかった。自分は奴隷《どれい》を買って使役しようとしているのだという、罪悪感が強くなる。

アンが操る箱形馬車は、レジントンの町を抜けた。ブラディ街道《かいどう》へ向けて歩を進める。

収穫《しゅうかく》直前のたわわに実った小麦畑が姿を消して、まばらな林が、道の左右に姿を見せ始めた。

ブラディ街道に近づいたのを感じながら、アンは口を開いた。

「わたし、護衛をしてもらうために、シャルを買った。けど一つ、約束する。ブラディ街道を抜けて無事にルイストンに到着《とうちゃく》したら、シャルに羽を返す」

それを聞き、シャルは不審《ふしん》げにアンを見た。

「俺を解放すると言ってるのか？」

「そうよ」

するとシャルは一瞬《いっしゅん》驚《おどろ》いたような顔をしたが、すぐに喉《のど》の奥でくっくっと笑いだした。

「金貨で買った妖精を、逃《に》がす？　そんなおめでたい人間、いるのか？」

「おめでたいってのは、失礼ね。わたしはただ、人間は、妖精の友達になれると思ってるの。友達になれるかもしれない人を使役するなんて、いやなの。わたしは信頼《しんらい》できる護衛が今すぐ必要で、仕方ないからシャルを買った。でも必要がなければ、使役したくない。もちろん、他《ほか》の人間に売ったりするのもいや。だから羽を返すの。こうやってわたしの旅につきあってもらう間も、できれば普通《ふつう》の友達みたいにしたいの」

「友達？　なれるわけがない」

冷えた言葉に、アンはため息をついた。

「そうかもしれないけど……。これはただ、ママとわたしの理想。でも理想だ、夢だって誰《だれ》も実行しなければ、いつまで経《た》っても理想のままよ。だからわたしは、実行するわ」

「それほどのかかし頭なら、その馬鹿さ加減を、ルイストンに到着したら証明しろ」

「かかしって呼ぶなって言ったでしょう!?」

アンの平手が飛んだが、シャルはそれを軽くかわした。アンは悔《くや》しくて、下唇《したくちびる》を噛《か》む。

「あなた、そこまで馬鹿にしてるわたしに、なんで自分を買えなんて言ったの。わたしなら、馬鹿にしている相手に使役されるなんて、まっぴらごめんよ」

「人間なんぞ、どれも同じだ。それなら間抜《まぬ》けに使役されたほうが、俺も楽だ。おまえはここ数年目にした中で、だんとつに間抜けそうだった」

「……なんだか……あなたと話してたら、とことん気分が滅入《めい》ってくるわね……」

シャルが売れ残っていたわけが、よくわかった。

護衛にこれほど悪態をつかれたのでは、守られている方もたまったものじゃない。

袖口《そでぐち》のレースを揺《ゆ》らす風が、急に冷たくなった。

アンは前方に、石ころの多い、荒《あ》れた街道が延びているのを認めた。それがブラディ街道だった。

馬車はゆっくりと街道に入った。

車輪が石ころを踏《ふ》み、背の高い箱形の荷台は、振動《しんどう》で大きく左右に揺れる。

空の色は澄《す》んでいたが、空気は冷えている。ブラディ街道の周辺は高い山脈に囲まれており、山脈から吹き下《ふ》ろしてくる風は、高地の冷気を運んでくるのだ。

見渡《みわた》す限り、乾《かわ》き色づいた草葉が鳴る荒野《こうや》だ。

まばらな林はあるが、土地が痩《や》せているのは一目瞭然《りょうぜん》だった。

ブラディ街道沿いには、村や町が存在しない。しかし街道が貫《つらぬ》いている各州の州公たちが、自州を通過する部分をそれぞれ管理している。

管理といっても、盗賊《とうぞく》の取り締《し》まりや、野獣《やじゅう》対策をしてくれるわけではない。州公がやることは、たった二つ。

一つは、年に一度、街道が植物に侵食《しんしょく》されないように手を入れること。

二つめは、旅人が野営するための、宿砦《しゅくさい》と呼ばれる簡単な砦《とりで》を造ること。

ブラディ街道は危険だが、それでも街道として機能しているのは、州公がこの二つのことを実行しているおかげだった。

アンは王国全土の詳細《しょうさい》な地図を持っていた。旅には不可欠なもので、エマはことに地図を大事にした。新しい情報は地図に書き加え、地図の情報を常に更新《こうしん》していた。

王国西部微細《びさい》地図を取り出して、近場の宿砦の位置を確かめた。そして陽《ひ》が傾《かたむ》きはじめると、その宿砦を目指して急ぎ、なんとか日没《にちぼつ》までにはたどりつけた。

宿砦は、石を積んだ高い壁《かべ》を、真四角に巡《めぐ》らしただけの砦だ。屋根はない。門の部分には鎖《くさり》で操作する、上下式の鉄扉《てっぴ》がある。草の生《お》い茂《しげ》る内部は広く、ゆうに馬車五台が入る。

要するに旅人は塀《へい》の中に逃げ込んで、盗賊や野獣から身を守るのだ。

林に囲まれて建つ宿砦に、アンは馬車を乗り入れた。そして鉄の扉《とびら》を閉じた。

半年ぶりに馬車に揺られると、さすがに疲《つか》れた。早々に休むことに決めた。

御者台の下に押しこんである、なめし革《がわ》の敷物《しきもの》と毛布を二人分取り出す。一つは自分用に、馬車の脇《わき》に敷《し》いた。そしてもう一組は、シャルに渡《わた》した。

「あなたの寝《ね》る場所、自分で選んで。それを敷いて寝てね。それに夕食はこれよ。少なくて申し訳ないけど、旅で贅沢《ぜいたく》できないから」

さらに葡萄酒《ぶどうしゅ》を満たした木のカップと林檎《りんご》を一個、シャルに渡す。

夕食は旅の先々を考えて、倹約《けんやく》した。

アンは毛布にくるまると、林檎を齧《かじ》り、あっという間に平らげた。芯《しん》を遠くへ放《ほう》りながら、葡萄酒を一気にあおった。冷たい苦みが胃の中に落ちると、すぐに熱に変わる。少し耳が熱くなったのを感じながら、敷物の上に丸まった。

シャルはアンから少し離《はな》れた場所に敷物を敷き、膝《ひざ》に毛布を掛《か》けて座っていた。手には葡萄酒のカップを持ち、月を見ている。

今夜は満月だった。月光が、シャルの顔を照らしていた。

月光で洗われた妖精《ようせい》は、さらに端麗《たんれい》さが磨《みが》かれていた。露《つゆ》に濡《ぬ》れる、宝石の艶《つや》やかさだ。

背にある羽も、透《す》けた穏《おだ》やかな薄緑色《うすみどりいろ》に光る。

シャルの背にある羽は、もぎ取られたものと違《ちが》って、彼の気分によっても色や輝《かがや》きが微妙《びみょう》に変化しているように見える。

妖精の背にある羽は、温かいのだろうか。冷たいのだろうか。

無性《むしょう》に触《ふ》れてみたくなった。

「妖精の羽って、綺麗《きれい》ね。触《さわ》っていい？」

訊きながら、手を伸《の》ばしかけた。するとシャルの羽が震《ふる》えてビリビリっとわずかに鳴り、続けてばたばたっと二、三度草の上を叩《たた》いた。

はっと手を引くと、シャルの鋭《するど》い目がこちらを見ていた。

「触れるな。おまえの手にあるもの以外は、俺のものだ」

その冷たい怒《いか》りに、アンは自分が、彼の羽を握《にぎ》っていることを思い出す。そして羽は妖精にとって、命に等しい大切なものだということも思い出す。

「ごめん。わたし、軽率《けいそつ》だったね」

素直《すなお》に謝り、シャルの横顔を見ながら、胸の前に下げられている革袋《かわぶくろ》の紐《ひも》を握った。

妖精にとって、羽は命の源。人間にとっての、心臓と同じ。他人の心臓を握り、命令をきかなければ心臓を握りつぶすと脅《おど》す。

アンがやっていることは、そういうことだ。妖精から見れば、悪魔《あくま》の所業だろう。

そっとため息をつく。

——こんなこと、やだな。

こんな真似《まね》をしないで、シャルにお願いを聞いてもらえないだろうか。

例えばもし、彼と友達になれれば？　そうすれば、彼を使役《しえき》する必要はない。彼にお願いして、納得《なっとく》してもらい、彼女の望みのために協力してもらえるだろう。

「ねぇ、シャル。提案なんだけど」

アンは少し頭を起こした。

「昼間も言ったけど、わたしたち、友達になってみない？」

「馬鹿《ばか》か」

切って捨てるように答えると、シャルは顔を背《そむ》けた。

アンはがっかりして、頭を毛布につける。

——すぐには、無理かもね。でも誠意を持って接してれば、いつかわかってくれるような気もするし。それにしても、何を考えて月なんか見てるんだろう？　綺麗な目をしてる……。

瞼《まぶた》が重くなり、アンはうとうとと眠《ねむ》りはじめた。

心地《ここち》よい暗闇《くらやみ》で、アンは夢を見ていた。

いつもと変わらない、野宿の風景だった。

アンは毛布にくるまり、エマは荷台に出入りして、忙《いそが》しく働いている。

目の前にエマの姿を見て、ほっと安堵《あんど》した。安堵したついでに、熱いものが頰《ほお》に一筋流れた。

『あらあらどうしたの、アン。どこか痛いの？』

「違うの。いやな夢を見たの。ママが死んじゃった、いやな夢」

『馬鹿ね。そんな怖《こわ》い夢を見るのは、体調がよくないのね。熱をみてあげるわ』

エマの冷たい指が、そっとアンの首に触れる。その指はほっそりしていて、常に冷たかった。

溶《と》けやすい銀砂糖を扱《あつか》う時、指先を水で冷やすからだ。

その指がたまらなく愛《いと》しく、儚《はかな》く思えた。アンは思わず、冷たい指を握りしめた。

「ママ、お願い。どこへも行かないで！」


そう叫《さけ》んだ自分の声で、はっと気がついた。

夢を見ていたのだと自覚した。しかしアンが握りしめた冷たい指は、現実だった。息がかかるほど間近に、シャルの顔があった。黒髪《くろかみ》が、アンの頰に触れそうだった。

「な、なに!?」

握っていた指を押し離して、跳《は》ね起きた。

——これはまさか、例の高飛車サービス!?

シャルはうっすら笑い、身を起こす。その笑《え》みは冷ややかだ。

どうやら、シャル提案のサービスではなさそうだと悟《さと》る。

——いったい、シャルはなにを……？　彼は、今、首に……。

「今、首に……」

そこでアンは、自分の首にかけられている革紐《かわひも》が、襟《えり》からはみ出していることに気がついた。

その革紐は、シャルの羽を入れた袋を吊《つ》り下げている革紐だ。

「シャル。もしかして……羽を、盗《ぬす》もうとしたの？」

「もう少しだった」

悪びれることもなく、シャルは言った。

「やっぱり、盗もうとしたの？　ひどい……」

「なにが？」

「言ったじゃない。わたし、シャルと友達になりたいと思ってたのよ。それなのに」

アンは、シャルと友達になりたいと思っていた。それなのに。その気持ちを裏切られた気がして、哀《かな》しくなる。そのアンの目を見て、シャルはくすりと笑った。

「友達になりたい？　相手の命を握っておいて、お友達か？」

その言葉に、アンははっとした。

「俺は、おまえに買われた。使役される者だ。友達にはなりえない」

もしアンが自分の理想を実行しようとするならば、羽を返したうえで、友達になりたいと申しこみ、彼の協力を仰《あお》ぐ。そうしなければならないはずだ。

しかし羽を返してしまうのは、正直怖かった。だからアンは友達になりたいと言いながら、相手の命を握りしめていた。我ながら虫がいい。そんな関係で、友達になれようはずはない。

羽を持っている限り、アンは使役者なのだ。

シャルは妖精ならば当然そうするように、使役者から羽を取り戻《もど》そうとしただけだ。

裏切られたと思ったり、哀しんだりするのは、お門違《かどちが》い。

油断したアンが、使役者として間抜《まぬ》けなだけなのだ。

「わたしが、馬鹿なのね」

軽くため息をつく。アンは自分の気持ちを楽にするために「友達になれればいい」と考えていたにすぎない。自分の身勝手さと愚《おろ》かさに、気がついた。

「わたしは、ルイストンへ行かなくちゃならない。シャルに羽を返した上で『ルイストンまで守って』ってお願いするような、危険な賭《かけ》はできない。だからあなたを使役するって心に決めたのに、どこかで甘さがあった。友達になりたいなんて、……馬鹿なことを言ってた」

アンは目を閉じて深呼吸した。そして再び目を開いた。

「わたしがルイストンに無事に到着《とうちゃく》できるように、協力してもらえれば羽を返す。そう約束しても、信用できないから盗もうとしたの？　それともいっときでも、人間に使役されるなんていやだから、盗もうとした？　どっちでもいいけど、これからわたしは油断しないから、そのことは覚えてて」

無表情の妖精を見あげる。彼は何も答えない。

「ついでに言うと、それでもわたしは約束を守る。ルイストンに到着したら、羽を返す。そしたら今度こそあなたに、友達になれるかどうか訊《き》くわ。それまで、わたしは、あなたの使役者」

シャルはふんと鼻で笑って、背を見せた。彼の背で月光を弾《はじ》く羽は、無惨《むざん》にも一枚きりだ。

夜空を見あげて、彼はうそぶく。

「月が綺麗だな」

――しくじった。

シャル・フェン・シャルは月に目を向けながらも、背後に横たわっているアンの気配を感じていた。緊張《きんちょう》が伝わってくる。この様子では、再び彼女が眠ったとしても、シャルの気配が近づいただけで目を覚ますだろう。今夜は再び、羽を盗むのは無理だ。

だが、焦《あせ》っていなかった。

妖精狩人の手に落ちて、人から人に売られて。

シャルは常に、使役者を殺して、逃《に》げ出すことばかりを考えて過ごしていた。

しかしそれは、容易ではなかった。人間どもは冷酷《れいこく》で、用心深かった。

レジントンの妖精《ようせい》市場に売り出されてからは、できるだけ間抜けな人間に買われようと努力した。間抜けな奴《やつ》が買ってくれれば、そいつを殺すか、もしくはそいつの目を盗み羽を取り戻して、逃げ出せるだろう。

しかし戦士妖精を求めてくる客は、どいつもこいつも抜け目なく、冷酷そうだった。だから客が妖精商人と交渉《こうしょう》に入るたびに、できる限りの悪態をついて客を怒《おこ》らせた。

今日は、どんな客が来るだろう。間抜けが来ればいい。そう願いながらぼんやりと座っていると、ふと鼻先に甘い香《かお》りを感じた。銀砂糖の香りに似ている気がした。

目をあげると、麦の穂《ほ》色の髪《かみ》をした痩《や》せた少女が、じっとこちらを見ていた。

その少女が、戦士妖精を買いたいと言い出した。千載一遇《せんざいいちぐう》のチャンスだ。

アンが彼を買うと決めた瞬間《しゅんかん》には、内心笑った。

妖精をお友達のように扱う、お友達になろうと、なにやら子供っぽい戯言《たわごと》を口にしている小《こ》娘《むすめ》。剣《けん》を血で汚《よご》すまでもない。これならば、簡単に羽を盗めると踏《ふ》んだ。

しかし思いのほかアンは敏感《びんかん》で、気づかれた。

羽を盗もうとしたのだ。羽を痛めつけられるくらいの罰《ばつ》を、受けるだろうと思った。

だがアンは、罰を与《あた》えなかった。それどころか、ルイストンに到着したら羽を返すことを再度約束し、そしてその後に友達になろうと言った。

不思議だった。何を考えているのか、わからない。しかし。

——何を考えているにしても、馬鹿《ばか》だ。

これほど甘い小娘ならば、チャンスは山のようにあるだろう。焦ることはない。七十年近く、人間に使役《しえき》され続けてきたのだ。自由になるのが一日先になろうが、三日先になろうが、かまわない。

ふとまた、甘い香りを感じた。ちらりと背後を見る。確かにアンの髪や指先から、その香りはする。思い出を刺激《しげき》し、官能をあおるような、銀砂糖の香り。

シャルは無意識に、指を唇《くちびる》に当てた。遠い昔に知っていた甘い感覚。羽を優《やさ》しく撫《な》でられる快感。優しい指。その感触《かんしょく》を背筋に思い出し、我知らず吐息《といき》が漏《も》れる。

——リズ……。

背後で、アンが寝返《ねがえ》りを打った。それにはっとして、唇から指を離《はな》す。

背中ごしに、ちらりとアンを見る。彼女は目を閉じていた。

『ママ、お願い。どこへも行かないで！』

先刻、アンはそう叫んで目を覚ました。そのことに、ふと疑問を感じる。

——こんな小娘一人、旅をさせて。母親は何をしている？

シャルの指を握《にぎ》った手は、いかにも頼《たよ》りなかった。

その感触が、なぜかくっきりと心に残った。

二章　ブラディ街道での再会

ブラディ街道沿いには、村も町もない。その全長は、約千二百キャロン。

無事に、通り抜けられるのだろうか。

御者台《ぎよしやだい》の横に座る、シャルの顔を盗み見る。

綺麗《きれい》な顔だ。こんなに優雅《ゆうが》な姿の戦士妖精など、見たことがない。それが不安だ。

果たして戦士妖精として、シャルは役に立つのか。

——買っちゃったからには、信じるしかないんだけど……。

砂糖菓子《がし》品評会は秋の終わり。半月後。ブラディ街道《かいどう》を通り抜けるのに、あと九日はかかる。

そうすると王都ルイストンに到着して品評会までの準備期間は、五日。ぎりぎりだ。

翌日は日の出とともに、出発した。

まだ街道の、ほんの入り口。道は遠いし、時間は限られている。

アンは陽《ひ》のある比較的《ひかくてき》安全なうちに、できるだけ距離《きょり》を稼《かせ》ぎたかった。

ときおり遠くの岩肌《いわはだ》に、狼《おおかみ》の群れらしき黒いものを確認《かくにん》することはあった。しかしそれは山から駆《か》けおりてくる様子はなかった。昼過ぎまでは、順調に道を進んだ。

あと数時間すれば、日没《にちぼつ》。

二日目の寝場所と定めた宿砦《しゅくさい》には、余裕《よゆう》を持って到着できる予定だった。

そこに到着すれば、街道に入ってから二百キャロン。

やっと、道程の六分の一程度、進んだことになる。

静かで単調な景色の中を走り続けていると、ふいに、馬のいななきが聞こえた。それと同時に、鉄を打ち合う甲高《かんだか》い音が、空気を突《つ》き抜けるように耳に届いた。

ぎょっとして、思わず手綱《たづな》を引く。ゆっくりと馬車がとまると、前方を透《す》かし見る。

前方の街道上で、砂煙《すなけむり》が立っている。

砂煙の中心にあるのは、真新しい箱形馬車だ。こちらに荷台の後部を見せているから、御者の姿は見えない。しかし剣をふり回す手だけが、荷台の向こうに確認できる。

その馬車の周囲を、楽しげな奇声《きせい》をあげながら、ぐるぐると回っている人馬が十騎《き》。身なりはまちまちだが、頭に布を巻いて顔を隠《かく》している。盗賊《とうぞく》だ。旅人を襲《おそ》っている。

「まずい!!」

血の気が引く。盗賊の姿を見かけたら、逃げるが勝ちだ。先に襲われている者を、助けようとしてはならない。結果は目に見えているからだ。

旅人たちはそれをルールと心得て、互《たが》いを恨《うら》むことはしない。

この場合アンは、宿砦に逃げ込むのが利口だ。しかし昨夜《ゆうべ》泊まった宿砦は、はるか後方。

身を隠せる場所はないか、道の左右を見回す。しかし周囲は、丈《たけ》の長い草が生える荒《あ》れ地が続くのみ。背の高い木立はない。馬車を隠せない。

そうしているとすぐに、盗賊の輪の中の二騎が、動きを止めた。アンの馬車に気がついたらしく、馬首をこちらに向ける。

「やだ、来る!!」

悲鳴をあげて、隣《となり》に座るシャルの袖《そで》を握る。そこでようやく、思い出す。

「あ、あなた!! そうだ、シャル!! あなた戦士妖精じゃない! 盗賊を追い払《はら》って」

大儀《たいぎ》そうに、シャルはアンを見る。

「面倒《めんどう》だな……」

「このままじゃ殺されるっ! お願い!!」

するとシャルはアンの手首を掴《つか》み、自分の袖から引き離した。逆にアンの腕《うで》をとると、彼女の体をぐっと引き寄せた。

「シャル!? な、なに?」

シャルが顔を近づけて、すかすように囁《ささや》いた。

「お願いではなく、命令するべきだろう?」

こんな状況《じょうきょう》なのに、覗《のぞ》きこんでくるシャルの瞳《ひとみ》と長い睫《まつげ》に、視線が吸い寄せられる。しかも囁きの声が、なぜか睦言《むつごと》のように甘い。

「ちょっ、近い!! ちょっと、シャル、近すぎ!! 離れて! とにかく、行って」

頰《ほお》に血がのぼる。赤面している場合ではない。しかし動揺《どうよう》を隠せない。

「顔が赤い」

「ととと、と、とにかく、お願いだから」

「面白《おもしろ》いな」

くすっと、馬鹿にしたようにシャルが笑う。これは間違《まちが》いなく、新手のいやがらせだ。

「シャル！　行ってよ、お願い！」

「命令しろと言ってるんだ」

「命令って⁉　ほら、来るっ！」

「さっさと行け。羽を引き裂《さ》く。そう言えば、すぐに行く」

「なによそれ⁉　いいから、とにかく行って」

動転していたし、妖精を使役することに慣れていない。そのためアンは、自分が彼の命とも言うべき羽を握っている事実が、頭から飛んでいた。

「命じろ」

目をぎゅっと閉じて、シャルの綺麗な顔を見ないようにした。そして、

「行けってば！　行かなきゃ、殴《なぐ》る!!」

とりあえず、自分の中では最高に乱暴に命じてみた。

その命令の言葉に、シャルは肩《かた》をすくめる。

「まあ、いいか……。行ってやる。仰《おお》せのままに、かかし殿《どの》」

アンの腕を放すと、シャルはふわりと、御者台から飛び降りた。

シャルはゆっくり、こちらに駆けてくる人馬に向かって歩き出す。

右掌《みぎてのひら》を胸の前に軽く広げ、シャルは笑うように目を細める。彼の背にある一枚きりの羽が、わずかに震《ふる》える。するとしおれていた羽が、ゆっくりと開く。陽の光を受け一部が虹色《にじいろ》に光る。

そうしていると彼の掌に向かって、彼の周囲から、きらきらと光の粒《つぶ》が集まりだしていた。

光の粒はみるみるうちに凝縮《ぎょうしゅく》し、細長く形を作り、白銀に輝《かがや》く剣《けん》の形になった。

――剣……!? そんな能力があるの!? ならシャルは本当に……。

シャルは形になった剣を握る。それを下げ持つ。

――戦士妖精《ようせい》。

いきなり、シャルは駆けだした。

風よりも静かに、音もなく、身を低くして駆ける。

あっという間に、盗賊たちの馬に駆け寄ったシャルは、二頭の馬の足にむけて剣をふるった。

その一ふりで、同時に二頭の馬の前足を斬《き》り飛ばした。どっと馬が倒《たお》れると、盗賊たちが地面にたたきつけられる。

それを確認もせずに、シャルはさらに、入り乱れる人馬の方へ向けて駆けた。

他《ほか》の盗賊たちがシャルの存在に気がつき、視線を向けた。

瞬間《しゅんかん》、彼は続けざまに馬の足を斬り飛ばす。同時に、五頭の馬が倒れる。

残りの三頭を操《あやつ》る盗賊たちが、怒声《どせい》をあげてシャルに斬りかかってきた。

ふりおろされる剣を、シャルは盗賊の腕ごと斬り飛ばした。盗賊の首領の顔色が変わる。

「引きあげろ!! 引きあげろ!!」

首領は叫《さけ》ぶと、馬首を山裾《やますそ》へ向けた。地面にたたきつけられた盗賊たちが、転がるようにして後を追う。腕を飛ばされた男も、呻《うめ》きながら必死の形相で馬を走らせた。

砂煙が、風にさっと吹《ふ》き流される。

その場でもがく、足を斬られた七頭の馬と、地面にたたきつけられて死んだ盗賊の死体三つが、しんと静かな空気の中に現れる。

シャルは軽く剣をふり、血を払い落とす。そしてゆっくりと移動すると、もがく馬の首に次々と剣を突き立てて、息の根を止めていく。

アンの指先は冷えて、わずかに震えていた。

シャルにとどめを刺《さ》される馬を見ないように、視線をそらした。あんなひどい怪我《けが》をした馬は、助からない。へたに苦しませるよりは、殺す方が慈悲深《じひぶか》い。

そうはわかっていても、正視できなかった。

確かに、助けて欲しいと言ったのはアンだ。

しかしあっという間に馬七頭と人間三人も殺してしまう結果になろうとは、思っていなかった。自分のひと言で、盗賊とはいえ人が三人も死んだ。

自分の命令がこんな結果になることに、驚《おどろ》きと恐怖《きょうふ》を感じていた。

――これが、戦士妖精というもの……。

しばらくアンが動けずにいると、前方の箱形馬車の御者台から、御者が降りてきた。

その御者の姿を認めて、アンは我が目を疑った。

馬にとどめを刺すシャルを、呆然《ぼうぜん》と見つめていたジョナスは、アンの声に顔をあげた。

「まさか、ジョナス⁉」

「……え？……アン？」

シャルは全《すべ》ての馬にとどめを刺し終わると、手にした剣を下げ持った。剣はできあがったときと同様に、徐々《じょじょ》に光の粒になって霧散《むさん》した。

アンは、無惨《むざん》な馬や盗賊の死骸《しがい》をなるたけ見ないようにしながら、それらをよけて、急いで馬車を進めた。ジョナスの馬車と並ぶと、馬を止める。

御者台から降りてジョナスに駆け寄った。

「どうしたの⁉　ジョナス」

「アン！　彼は、君が使役《しえき》している戦士妖精⁉　じゃ、助けてくれたの、君だったの⁉　あぁ！　これも運命？　とにかく、会えてよかった！　君は僕より半日早く出発したから、ずっと先まで行っていると思ってた」

ジョナスは興奮しているらしく、アンの両手を、両手で包むようにして握《にぎ》りしめた。

「わたしはレジントンに寄り道してたから……。って、そうじゃなくて。なんでジョナスが、こんなところにいるの？」

「君を追ってきた。君一人旅をさせるのは、危険だ。だから両親を説得して、馬車を準備して、追ってきた。僕は君と一緒《いっしょ》に行くよ」

「なんで⁉」

「なんでって。理由は一つしかないよ。僕の気持ち、知ってるだろう」

その言葉に、ぽかんとした。

「え？」

「僕は、君が好きだ。君と一緒に行きたい」

「えっと……ジョナス。……すごく嬉《うれ》しいんだけど……」

アンは握られていた両手を、そっと引き抜《ぬ》くように離《はな》す。

「けど、多分ジョナスは、自分の気持ちについて、とんでもない勘違《かんちが》いをしてるんだと思う。どう考えても、ジョナスがわたしを好きになるはずないもの。そんな要素が、これっぽっちもない。ジョナスはわたしに対する同情を、愛情と勘違いしてるんだと思う」

アンはごく平凡《へいぼん》な容姿で、ついでに愛嬌《あいきょう》をふりまくタイプでもない。

自分で言うのもなんだが、女の子としての魅力《みりょく》には乏《とぼ》しい。

実際半年間ジョナスとアンは身近にいたのだが、友達よりもよそよそしい関係のままだった。

そんな微妙《びみょう》な距離《きょり》感《かん》のあるアンに、ジョナスは求婚《きゅうこん》した。

理由は、母親を亡《な》くしたアンへの同情以外に、考えられない。

ジョナスはアンに同情するあまり、同情と恋情《れんじょう》の区別がごちゃごちゃになって、アンをものすごく好きになったと勘違いしているのではないだろうか。

「同情じゃない。僕はアンが好きだよ。ねぇ、アンはルイストンの砂糖菓子《がし》品評会に参加するんだろう？　そう言っていたよね。だったら僕も一緒に行くよ。君が銀砂糖師になれるように、僕が君を守り、協力する」

「待ってよ。たった今盗賊《とうぞく》に襲《おそ》われといて、守るもへったくれもないでしょう!? それにジョナスは砂糖菓子店の大事な跡《あと》取り息子《むすこ》じゃない。ラドクリフ工房《こうぼう》派の、長《おさ》になる可能性だってあるんでしょう!? そんな人をこんな危険な旅に同行させて、怪我でもさせたら。お世話になったアンダーさんに、顔向けできない」

「盗賊は、まあ。ちょっと油断したけれどね。僕も男だから大丈夫《だいじょうぶ》」

「大丈夫の根拠《こんきょ》が、まったくわからないんだけど!?」

「大丈夫。大丈夫。剣も持ってるし」

「ねぇ、人の話、聞いてる?」

「それに父さんも母さんも、僕がアンと一緒に、ルイストンへ行くこと納得《なっとく》してるし」

「アンダーさんたちが納得? そんなはずないわ。とにかく、引き返して」

「もう引き返せない。引き返すのも進むのと同じくらい、危ないはずだよ」

熱心なジョナスの様子が、熱に浮《う》かされた者のようにうわずっていた。

これは本格的に、同情を恋情と勘違いしているに違《ちが》いない。

勘違いの恋心《こいごころ》でジョナスを死なせてしまったら、寝《ね》覚《ざ》めが悪いことこの上ない。

「だめよ。絶対、引き返すの」

「アン。冷たいこと言わないでよ、ね」

ジョナスは笑うと、再びアンの手を握った。

驚いて手を引こうとしたが、その手をしっかりととらえられる。

「僕は君のために来た。君は、僕が嫌《きら》い？　喜んでくれないの？」

見つめられると、戸惑《とまど》う。村の女の子たちが夢中になる、優《やさ》しい笑顔《えがお》。

「嫌いなわけじゃないのよ。けど、けどね。なんというかぁ、そんな問題じゃなくて……」

シャルは二人のやりとりに口を出す気はなさそうで、ずっと馬車の荷台に寄りかかり空を見あげていた。しかしふいに眉《まゆ》をひそめると、荷台から背を離した。

「かかし。早くこの場所を離れろ。血の臭《にお》いを嗅《か》ぎつけて、狼《おおかみ》が来る。上を見ろ」

アンとジョナスは、空を見あげた。黒い鳥の影《かげ》が三羽、彼らの頭上を旋回《せんかい》している。

「荒野《こうや》カラス。荒《あ》れ地の掃除屋《そうじや》だ。あいつらが現れたら、すぐに狼が来る」

アンは素早《すばや》く頷《うなず》いた。力がゆるんだジョナスの手から、自分の手を引き抜く。

「わかったわ。すぐに出発する。ジョナスは、お願い。ここから引き返して」

「いや。僕は行く」

「ねぇ、ジョナス。あなたが死んだらご両親が泣くし、村の女の子たちだっていっぱい泣くわ。あなたがいなくなったら、店は誰《だれ》が継《つ》ぐの？　あなたには大切なものが、たくさんあるじゃない。それを守るべきなのよ」

心を尽《つ》くして、アンは言った。しかしジョナスは、まっすぐにアンを見つめ返す。

「君がだめだと言っても、僕は行くよ。両親は、関係ない。店も、今の僕には関係ない。僕は今、君への気持ちだけが大切だ」

ジョナスには温かい家がある。両親がいて、将来は跡を継ぐべき店もある。両手に大切なものをたくさん抱《かか》えている。アンのように、死んで泣いてくれる人が一人もいない、からっぽの身ではない。彼は、アンのような危険を冒《おか》す必要のない人間だ。

それなのに。自分の持っているものの大切さを、理解しようとしない。

そのジョナスの強情《ごうじょう》さに、ほとほと困り果てた。

「とにかく、ジョナスは危険な真似《まね》をするべき人じゃないのよ」

アンは背を向けると、さっと御者台に乗った。

シャルはすでに御者台に座っていた。困り顔で馬に鞭《むち》を当てるアンの横顔を見て、シャルがにやりと笑う。

「追ってくる男がいるのか。子供にしては、やるな」

「子供じゃない！　わたしは十五歳。成人よ！　それにジョナスは、そんな相手じゃないの。ただわたしに、同情してるだけ。そんな同情心で、危険を冒そうとするなんて」

と言いながらも、アンは背後を気にしていた。

ジョナスは自分の馬車に乗ると、ゆっくりと歩を進めて、アンたちの後ろをついてくる。村に帰るつもりはないらしい。

そもそもここまで街道《かいどう》を来てしまったからには、ジョナスも言うように、引き返すのも進むのと同様に危険だった。

「どうすればいいのよ、わたしは……」

アンは呟《つぶや》いて、続けてぽつりとシャルに告げた。

「後ろの馬車。とりあえずなにかあったら、助けに行ってくれる?」

ジョナスは、嫌いでない。逆にあの優しい笑顔や態度は好ましい。それに恋情と勘違いしてしまうほど他人に同情する彼を、いい人だと思う。

見放せるわけはなかった。

「俺になにかをさせたいなら、羽をたてにして命じろ」

「さっきも、命令しろ命令しろって、うるさく言ってたわよね。なんでよ」

「命じられたこと以外、やるつもりはない」

要するに彼は、「この命令に従わなければ、おまえの命を取る」と、脅《おど》さない限り動かないと言っているのだ。逆を言うと、そこまで必死の命令にしか、従わないということだ。

「ちょっと馬を見ていて」とか、「そこの毛布を取って」なんていう軽々しい命令には、断固として従わないつもりだ。

アンとて、毛布を取ってもらうためだけに、「殺すぞっ!」と脅すのは面倒《めんどう》だ。

扱《あつか》いにくいものだと、ため息をつく。

「わたしは昨日の夜に、シャルを使役しようって覚悟《かくご》した。けど根本的に、そんなえげつない命令のやりかたは、したくない。だからこれは、お願い。これからもとりあえず、お願いする。でもいやだって言われたら、命令に変える。お望み通り『羽を引き裂《さ》かれたくなきゃ、わたしの言うとおりにしなさい』って言ってあげる。その覚悟よ。けどわたしは、まずお願いする」

その言葉を聞いて、シャルはまじまじとアンを見つめる。

「本当に、妙《みょう》なかかし頭だ」

「シャル、あなた、さっきからどさくさにまぎれて、かかしって言ってるよね。……もういいけどさ。……かかしで」

ジョナスの身になにかあれば、どうすればいいのか。それを考えると頭が痛くなりそうだったので、シャルのかかし発言に反撃《はんげき》する気力はなかった。


アンは馬車を止めた。するとジョナスが隣《となり》に馬車を並べ、止まった。

二人が見あげるのは、旅の二日目、アンが寝場所に決めた宿砦《しゅくさい》だった。

「これが宿砦か。僕は今夜、はじめて使うよ」

「宿砦に泊《と》まるのが、はじめて？　じゃあ昨日の夜は、どうしたの？」

「実は今日の昼までは、護衛がいたんだ。ノックスベリー村のはずれで、荒《あら》っぽい仕事をしている男がいて、そいつに護衛を頼《たの》んだ。だから昨日の夜は、道の脇《わき》に馬車を止めて荷台の中で寝た。護衛が一晩守ってくれたけど」

「けど？」

「僕が荷台のどこにお金を隠《かく》してるか、見られちゃったみたいで。今日の昼前に僕に剣《けん》を突《つ》きつけて、お金を取って逃《に》げていったよ」

そう言ったジョナスは、わりにけろりとしている。度胸がいいのか、脳天気なのか。

アンはがくりと肩《かた》を落とした。

「気の毒だったけれど……それはガードが、甘すぎない？」

「まあ、そうだね。でも結果良ければ、全《すべ》て良しだよ。命は助かったしね。そのおかげで、アンに巡《めぐ》り合えたんだし」

旅に対する危機感は、まるでないらしい。

一緒《いっしょ》についてくるつもりならば、危機感を持ってもらわなければ困るのに。

「ジョナス。今夜ここに泊まったら、明日、引き返してね」

「僕は自分の行きたいところに、行ってるんだよ。君に、ついて来てるわけじゃないから」

「あ〜の〜ね〜。ジョナス」

「さ、行こう」

ジョナスはウインクすると、馬に鞭を当てた。アンは額をおさえた。

「ああ……頭が痛い……」

二台の馬車を宿砦の中に乗り入れ、門の鉄扉《てっぴ》を閉めた。

宿砦にはいると、ジョナスは遠慮《えんりょ》するように壁際《かべぎわ》に馬車を寄せた。そしてすぐに、箱形の荷台の中に入ってしまった。その中で眠《ねむ》るつもりらしい。アンの馬車に近寄らないのは、アンにくっついてきているのではないという、彼なりの主張だろう。

アンは馬車の脇で、火を焚《た》いた。そして鍋《なべ》に水と乾燥《かんそう》肉と野菜の切れ端《はし》を入れ、簡単なスープを作った。できあがると、ジョナスの馬車をちらりと見る。

秋とはいえ、夜になると気温は下がる。温かいものを、アンたちだけ食べるのも気が引けた。

木の椀《わん》にスープを入れると、ジョナスの馬車の荷台に近寄った。

荷台背後にある両開きの扉《とびら》を、軽く叩《たた》く。

「ジョナス。わたしよ。開けて」

中でなにやらごそごそと音がして、程《ほど》なく扉が開いた。

「なにか御用《ごよう》でしょうか？」

扉を開いたのは、掌《てのひら》くらいの大きさの、妖精《ようせい》の少女だった。一枚だけの羽を懸命《けんめい》に動かして、扉の取っ手にすがりついている。

妖精の少女は、アンダー家で使役《しえき》されていた労働妖精のキャシーだ。燃えるような赤毛だ。つんと上を向いた鼻をさらに上に向け、吊《つ》りぎみの大きな目がアンを睨《にら》む。

「キャシー!?　あなた、ジョナスに連れてこられてたの？」

「わたしはもともと、ジョナス様専用の労働妖精ですもの。当然です」

「そうなの？　で、そのジョナスは？」

「お休みになっていらっしゃいます」

「じゃあこのスープだけ渡《わた》しておく。目が覚めたら食べてって、伝えてくれる？」

アンが差しだした椀を見て、キャシーは口の端で笑った。

「こんな粗末《そまつ》なもの。ジョナス様はおそらく、口になさいませんよ」

それは高貴な者に仕える使用人が、主人の威光《いこう》をかさにきて、他人を見下す態度にそっくりだった。アンは眉《まゆ》をひそめる。

「おうちじゃそうかもしれないけど、旅では、こんなものでもありがたいの」

キャシーはいやそうな顔をしたが、ふわりと床《ゆか》に降りると、両手を差しだした。

片羽を取られた妖精は、飛べない。空中にとどまることも無理なのだから、キャシーは床に降りて椀を受け取るしかない。

アンはかがみ込んで、椀を渡す。

キャシーにとって椀は、盥《たらい》のような大きさだ。抱え込んで、顔を歪《ゆが》める。

「獣《けもの》の脂《あぶら》くさい。妖精のわたしでも、いやだわ」

「あ〜そ〜。ごめんね。いらないお節介《せっかい》で!」

アンはぷんぷんしながら火のそばに帰ると、乱暴に鍋の中をかき回した。

シャルは炎《ほのお》を見つめながら、ぼんやりと座っていた。

椀を手に取り、シャルの分のスープを注《つ》いだ。そしてその椀を、無言でシャルに突き出した。

目の前のスープをまじまじ見つめて、シャルは不思議そうにアンの顔を見る。

「これは……？　どうしろと？」

アンはキッと、シャルを睨む。

「わたしが『お口をあ〜ん』して、シャルの手でスープを食べさせてもらいたいから、これを渡すんだと思う!?　シャルが食べる分に、決まってるでしょう!?　こんなもの渡そうとして、悪かった⁉　あなたも、獣の脂くさい貧乏《びんぼう》スープなんてお口に合わない⁉」

突然《とつぜん》つっかかってきたアンに、シャルが驚《おどろ》いたような顔をした。

「いきなり、なんだ？　頭に火でもついたみたいだ」

「どうせかかし頭ですから！　よく燃えるでしょう！」

シャルはこらえきれなくなったように、少しだけ笑った。そして柔《やわ》らかい表情で、差し出された椀に手を伸《の》ばす。

「大火事らしい」

「火もつくわよ。こんな貧乏スープは、砂糖菓子《がし》店の跡取《あとと》り息子《むすこ》様のお口には合いませんって、妖精に言われたわ。あなたも、こんな貧乏スープはいや⁉」

「スープがいやだったわけじゃない。ただ……驚いた」

シャルはスープを受け取ると、両手で椀を包みこむようにする。

「驚いた？　なにに？　もしかして、あまりにも、まずそうだったとか……」

「自分より先に、俺にスープを与《あた》えたのに、驚いた」

「どうして？　給仕《きゅうじ》している人間が、自分以外の人に先にスープを渡すのは、当然でしょう？　マナーよ、マナー。はい、スプーン」

スープをすくうためのスプーンを渡そうとしたが、シャルの手の中にある椀が、すでに半分の量にまで減っていることに気がついた。

「シャル、あなた口つけてないよね。もしかして、お椀に穴が空いてる？」

「食べた」

「食べた⁉　どうやって⁉」

「俺たちは、口から食べない。手をかざしたり、触《ふ》れたりして、吸収する」

シャルの手にある椀を見ていると、スープの液面がわずかにゆらゆらと揺《ゆ》れながら、徐々《じょじょ》にかさを減らしている。それは急速に蒸発しているように見える。

「味、するの？」

その様子をまじまじ見つめて、思わず、アンは訊《き》いた。

「しない。食べ物を食べても、味は感じない」

「妖精って、そうなの⁉　そんなの、何食べても楽しくないじゃない。ぜんぜん、どんなものも味を感じないの？」

「一つだけ。味を感じるものはある」

「なに？」

「銀砂糖だ。……甘い」

なにかを思い出したように、シャルは目を伏《ふ》せた。その表情がひどく寂《さみ》しげだった。なにかつらい思い出でもあるのだろう。

この口の悪い妖精は、市場に売り出されるまでの間、どんなことを体験したのだろうか。

想像すると、心が痛んだ。

自然の中で生まれ、気ままに暮らしていたのに、突然追い立てられ狩《か》られ、そして売られる。

どんな気持ちがするだろうか。アンだったら、恨《うら》みで凝《こ》り固まってしまいそうだ。

「銀砂糖は好き？　嫌《きら》い？」

「嫌いじゃない」

「じゃあ、砂糖菓子作ってあげる。わたし、砂糖菓子職人の端くれなのよ」

「おまえが？」

シャルは胡散臭《うさんくさ》そうに、横目でアンを見やる。アンはちょっと胸を張った。

「聞いて驚きなさいよ。わたしのママは銀砂糖師なの。娘《むすめ》のわたしは、よちよち歩きの時から、銀砂糖を粘土《ねんど》がわりにして遊んだんだから。自分で言うのもなんだけど、腕《うで》はかなりのもんよ。シャルに似合う、月光草の形を作ろうか」

味のない食事なんて、楽しいはずはない。そう思うと、作ってあげたくなった。

もしシャルが恨みで凝り固まっているとしたら、優しい甘みの砂糖菓子は、少しなりとも彼の心を柔《やわ》らかくしてあげられるかもしれない。

戸惑《とまど》いが、シャルの顔に浮《う》かぶ。困ったようなその表情が、少し可愛《かわい》く思えた。

アンは微笑《ほほえ》んで立ちあがり、自分の馬車の後ろに回った。そして後方の、両開きの扉に手をかけた瞬間《しゅんかん》だった。

どかん！　と、馬車の中で、なにかが弾《はず》む衝撃《しょうげき》が響《ひび》き、車体が大きく揺れた。

咄嗟《とっさ》に飛び退《の》いたアンは、悲鳴をあげた。

「シャル！」

シャルの傍《かたわ》らに飛んで帰り、彼の袖《そで》を摑《つか》む。

「な、なにか、荷台の中にいるみたい！　見て。見てよ、お願い」

するとシャルは、ちろりとアンを見る。

「命令か？」

「め、命令？」

「見に行かなければ、俺の羽を引き裂《さ》くか？」

「そんなこと思ってないけど、でも」

「じゃあ、自分でやれ」

「あああ、あなたって!!」

「羽を引き裂く」と脅《おど》すえげつなさがいやで、アンは容易に命令ができない。

シャルはアンのそんな思考も見透《みす》かして、「命じろ」と言っている。小馬鹿《こばか》にしたような表情からも、それは明らかだ。とことん、怠《なま》ける気だ。

一瞬《いっしゅん》でも彼を可愛いと思った自分が、馬鹿だった。

アンはかっと頭に来たが、その怒《いか》りのおかげで恐怖心《きょうふしん》が目減りした。

「いいわ！　見てやろうじゃない！」

アンとて母親と二人、だてに十五年も王国中を旅していたわけではない。

そんじょそこらの十五歳の娘よりは、度胸があるつもりだ。

たき火用の棒きれをとりあげると、荷台の扉《とびら》の前に立った。

棒きれを片手で構える。そっと扉を開く。

荷台の中は、静かだった。

箱形の荷台の中は、人が立ち歩けるほど天井《てんじょう》が高い。壁《かべ》の両側面、天井に近い場所に、横長の明かり取りの窓がある。今夜は月が明るかったので、明かり取りの窓から月光が射《さ》しこみ、荷台の中をうすぼんやりと照らしていた。

壁の一方に取りつけられた作業台の上には、砂糖菓子を練りあげるための石板や、木べらや、秤《はかり》。様々な植物から抽出《ちゆうしゆつ》した色粉の瓶《びん》などが、整然と並んでいる。

逆側の壁沿いには、樽《たる》が五つ並べられている。

いつもと変わらない荷台の中だった。

「なにも……ない？」

おそるおそる、荷台の中に首を突《つ》っ込み中を覗《のぞ》いた。その瞬間。

キンとした声とともに、小さな影《かげ》が、作業台の下からぴょんと飛び出してきた。

「おい、おまえ!!」

「きゃあああああああああああ!!」

アンは悲鳴をあげながらも、棒きれを思い切りふり抜《ぬ》いた。

こちらにまっすぐ飛んできた影に、見事にヒットした。

ふり抜かれた勢いで、影はそのまま荷台の外へ飛び、火の近くに座っていたシャルの後ろ頭に激突《げきとつ》した。

いきなり背後から襲《おそ》われたシャルは、眦《まなじり》をつりあげてふり向いた。

激突した後、シャルの背後にぼとりと落ちた小さな影を、彼は鷲掴《わしづか》みにする。

「これは、いやがらせか⁉」

アンに向かって怒《ど》鳴《な》るが、アンも混乱して怒鳴り返す。

「知らないわよ‼　それが荷台の中にいたのよ」

「これが……？」

シャルは自分が掴んでいるものに、視線を向けた。そして眉《まゆ》をひそめる。

「放せよぉ、この野郎《やろう》‼　俺様を誰《だれ》だと思ってる！」

甲高《かんだか》い声で、その小さな影は抗議《こうぎ》した。

首根っこを掴まれてじたばた暴れているのは、銀髪《ぎんぱつ》で、可愛らしい少年の姿をしている妖精《ようせい》だ。背に羽は一枚きり。もう一枚の羽は妙《みょう》なことに、スカーフのように自分の首に巻いている。

「放せぇ！」

「うるさい」

シャルがぱっと手を離《はな》した。小さな妖精は地面に墜落《ついらく》して、ギャッと悲鳴をあげた。

「ちぇっ。乱暴な奴《やつ》。俺はデリケートなんだ、もっと優《やさ》しく扱《あつか》えよ」

腰《こし》をさすりさすり立ちあがる。

アンは恐《おそ》る恐る近づいて、跪《ひざまず》くと妖精を覗きこむ。

妖精は、青い瞳《ひとみ》のまん丸な目でアンを見あげた。

「あなたが、荷台の中で暴れたのね」

「暴れたわけじゃないぞ。うたた寝《ね》してたら、繊細《せんさい》な俺は悪夢を見ちゃって、飛び起きたんだ。飛び起きすぎて、天井にぶつかっちゃっただけだい」

「はぁ……すごい飛び起きかただね……。それにしても、あなた誰？　いつ、なんでわたしの馬車に入りこんだの」

「俺は、ミスリル・リッド・ポッド。おまえに恩返しをしに来た」

「恩返し？」

「昨日。おまえは俺を助けた。だから俺は、義理を果たしにきたってわけだ」

そう言われて、アンはやっと気がついた。

「あっ！　あなた！　レジントンで妖精狩人《かりゅうど》がいじめてた、あの子？」

あの時は泥《どろ》まみれで、顔かたちがわからなかった。しかしよくよく思い出せば、そのキンキン声には聞き覚えがある。

妖精が首に巻いている羽は、アンが妖精狩人から取り戻《もど》したものに違《ちが》いない。

「そうさ。俺はレジントンの町でおまえの馬車を見つけて、もぐりこんだんだ。それもこれも、恩返しするためだ。すぐにでも、恩返しをしようと思ったんだけどな。俺はあの馬鹿にこき使われて、疲《つか》れきってたから。ついつい寝込んじゃって。今まで寝てた。でも、そのおかげで元気になった！　これから俺は、おまえにガンガン恩返しをする」

「でもあの時、人間に礼なんか言わないって、言ってなかったっけ？」

「言った。けどおまえに助けられたのは、事実だ。俺は、人間みたいな不人情な生き物にはなりたくないから、嫌々《いやいや》ながらも恩返しする。言っとくが、恩は返すが、死んでも礼は言わないぞ。いいなっ！」

小さな人差し指を、びしりとアンに突きつける。指を突きつけられたアンは、困惑《こんわく》した。

「えっと……。なんていうか。恩返しを期待して助けたわけじゃないから、恩返しなんかいいわよ。しかも嫌々ながらとか、死んでも礼は言わないとか。感謝されてんだか、されてないんだか、よくわかんないし……」

「こいつを助けた？　お節介《せっかい》焼きだな、かかし」

シャルは呆《あき》れたように言った。

「だって見殺しにするなんて、出来ないじゃない。えっと、あなた、ミスリルだったっけ？」

「俺はミスリル・リッド・ポッドだ。略すな！」

「あっ、ご、ごめん。ミスリル・リッド・ポッド。とにかく、恩返しは必要ないから」

「そうはいくか。恩を返させろ！」

あまりの尊大さに、アンはどっと疲労《ひろう》を感じる。

「わたし、今まで妖精とほとんど接触《せっしょく》したことなかったから……。妖精って、もっとけなげで、いじらしいのだと思ってたけど。全然違うじゃない。あなたにしろシャルにしろ、キャシーにしろ。なんでこう、偉《えら》そうなわけ？」

「さあ、恩を返させろよ！」

「でも、本当にそんな必要ないし」

「必要ない？　ふざけるな！　俺は地獄《じごく》の底までついて行っても、恩は返させてもらう」

「地獄ってなに!?　なんか怖《こわ》い！　恩返しか復讐《ふくしゅう》か、わけわかんない！　なんでわたしが脅《おど》かされなきゃならないの!?」

「とにかく、恩返しさせろ。恩返しするまで、つきまとってやる」

「わかった！　わかったから!!　じゃあ、恩返しをお願いする！　え〜と、え〜と」

アンはぐるりと周囲を見回して、ぽんと手を打った。

「そうだ！　それじゃ恩返しに、馬車の車軸《しゃじく》に油を差してくれる？」

「馬鹿にするな！　命を助けられた恩返しに、そんなショボいことをさせる気か!?　もっとすごい恩返しを考えろ!!」

「すごい恩返しって……なに」

頭を抱《かか》えたアンに、ひんやりした表情でシャルが問う。

「黙《だま》らせるために、くびり殺すか？　おまえが命じれば、やるぞ」

あまりにもミスリルがうるさいので、シャルは本気とも冗談ともつかない冷めた口調だ。

それを聞いて、ミスリルが猛反撃《もうはんげき》する。

「おまえ!!　同じ妖精のくせになんてこと言うんだ。ふん。おまえ、黒曜石か。俺が水滴《すいてき》だからって、馬鹿にしてるのか？　おいおい、人間の小娘《こむすめ》」

「アンよ」

「アン。おまえが使役《しえき》しているこいつは、妖精殺しだ。妖精狩人にやったみたいに、こいつに一発お見舞《みま》いしてやれっ！」

「て……なんで命令してるの？　あなたが」

「だから、くびり殺そう」

「せっかく助けたのに、馬鹿なこと言わないでよ。とにかく、ね。あなたは自由なんだから、好きなところに行って、幸せに暮らしてほしいんだけど」

妙にきっぱりと提案したシャルに、アンは呻《うめ》く。

「好きなところへ行けだと!?　俺を追い払《はら》う気か!?　いかないからな、俺は！」

「そういう意味じゃないんだけど……。……なんか、疲れた……。わたし、もう寝たい……」

喚《わめ》くミスリルとの会話は、延々と平行線をたどりそうだった。

アンはぐったりして、ミスリルに背を向けて寝支度《ねじたく》をすると、毛布にくるまった。

「シャルごめん。砂糖菓子《がし》は、明日の夜にでも作る。待たせるお詫《わ》びに、とびきり綺麗《きれい》に作るから。砂糖菓子を食べたかったら、わたしが寝込んでるからって、羽を盗《ぬす》まないでね」

シャルが砂糖菓子でつられるかどうかは別として、そんなもので予防線を張るのは、なんだか情けない気がした。

しかし実際問題。彼に羽を取り戻され、いなくなられては困るのだから仕方ない。

「盗《と》る盗らないの前に……、眠《ねむ》れないと思うぞ」

シャルは憂鬱《ゆううつ》そうに呟《つぶや》いた。

「おい、おまえら!!　おい、寝るな、寝るな——!!」

耳に突き刺《さ》さるミスリルの声に、アンは両手で耳をふさいだ。

「もしかして今夜、寝かしてもらえないのかなぁ〜……」

自分の善行を、つくづく悔《く》やんだ。


「やいやいやい!　おまえまで寝るな!!　仲間だろうが」

「おまえみたいにうるさい仲間なら、いらない」

跳《は》ね回るミスリル・リッド・ポッドにうんざりし、シャルはため息混じりに横になった。

「ななな、なんだと!?　なんだと——!?」

「恩返し?　おまえは馬鹿《ばか》か。相手は人間だ。羽を取られたときの痛みを忘れたか」

羽は妖精の体の中で、最も敏感《びんかん》な場所だ。それをむしり取られたときの痛みは、手足を引き抜《ぬ》かれたのと同様の痛みだ。

その痛みを与《あた》えられただけでも、人間という生き物を憎《にく》むには充分《じゅうぶん》だ。

しかしミスリルは、へんと鼻を鳴らす。

「なに言ってやがる、痛い思いを忘れるもんか。だから俺は、人間に礼なんか死んでもいわないぞ。けど俺の羽を取ったのは、アンじゃない。アンは俺の羽を、取り戻してくれたんだ。人間でも妖精《ようせい》でも、悪い奴は悪い。いい奴はいいんだ。だから俺は、いい奴には恩返しをする。だからアンにも恩返しするんだ！　恩返しさせろさせろさせろ！」

なにやら屈折《くっせつ》した思いはあるらしいが、とにかくアンに、心から感謝しているのはわかる。しかしなにしろ、騒々《そうぞう》しい。

「うるさい！」

手をあげて、飛びあがった瞬間《しゅんかん》のミスリルを、ぱしりとたたき落とした。

ギャッと悲鳴をあげて墜落したミスリルは、今度は眉《まゆ》をつりあげ、さらに興奮してぴょんぴょんシャルの頭の周りを跳ねる。

「暴力反対!!　この妖精殺し！　仲間殺しー!!」

片羽を取られた妖精は飛べなくなる。しかし残った羽の羽ばたきと跳躍《ちょうやく》の力で、人間の頭くらいは軽々飛び越《こ》える。

ミスリルはその跳躍力を生かして、目障《めざわ》りに、跳ね回ってくれる。

騒々しさが増したので、これ以上手を出さないほうが賢明《けんめい》だと悟《さと》る。

横になって耳をふさぐアンは、迷惑《めいわく》そうにぎゅっと眉根《まゆね》をよせている。

アンはこの妖精、ミスリル・リッド・ポッドを助けたらしい。

呆れるほど甘い娘《むすめ》だ。彼女は、シャルに対しても甘い。

アンは自分よりも先に、シャルにスープを給仕《きゅうじ》した。さらに、砂糖菓子を作ってやろうとまで言った。まるで人間に対するように接してくる。

そのうえアンは、シャルに対して厳然とした命令を下さない。彼女の命令は、お願いの域を出ない。彼女が羽を傷つけたくないと思っているのが、ありありとわかってしまう。シャルを使役するという、決然とした意志が感じられない。

命じられるのと、お願いされるのは違う。

だから正直、戸惑《とまど》う。従うべきか、無視するべきか。

命じられてもいないのに、従うのは業腹《ごうはら》だ。しかしアンは、シャルの羽を持っている。アンが窮地《きゅうち》におちいり、シャルの羽に被害《ひがい》がおよんでも困る。

迷ったすえ、盗賊《とうぞく》は追い払ってやった。

けして、アンの命令に従ったわけではなかった。従うには、彼女は甘すぎる。

なぜアンはこれほど、甘いのか。もしかして、寂《さび》しいのだろうか。夢の中で母親を求めていた娘だ。一人旅が、寂しくないわけはない。だから妖精たちに対してさえ、甘い顔をするのだろうか。自分の孤独《こどく》を癒《い》やしてくれる相手を、無意識に求めているのだろうか。

今夜はミスリルも喚いているし、アンから羽を盗むチャンスはなさそうだ。

——まあ、かまわない。

命じられることがほとんど無いのだから、気楽だ。おろおろするアンを見て、笑っていればいいだけなのだ。ほんとうに、甘い小娘。

——かかしの作る砂糖菓子は、さぞ甘いだろう。

ふと、そんなことを思う。

三章　襲撃

御者台《ぎょしゃだい》に座るアンの隣《となり》には、シャルの眠そうな顔がある。そしてアンとシャルの隙間《すきま》にわりこむようにして、丸まって眠っているのはミスリル・リッド・ポッド。

日の出とともに、アンの操《あやつ》る箱形馬車は、宿砦《しゅくさい》を出た。

昨夜《ゆうべ》一晩、ミスリルは喚き続けた。当然、アンもシャルもほとんど眠れなかった。

喚くミスリルをなだめながら、アンは出発した。

ミスリルはちゃっかり、御者台に乗っかった。寝不足《ねぶそく》のアンとシャルが無言でいると、ミスリルは徹夜《てつや》の疲《つか》れもあったのか、馬車に揺《ゆ》られる心地《ここち》よさにぐうぐう眠りだしたのだ。

気持ちよさそうなミスリルを見おろして、シャルが憎々《にくにく》しげに言う。

「眠っている間に、投げ捨てるか？」

「それはあんまりだから、やめてあげて。それに投げ捨てても帰ってくるよ、多分。地獄《じごく》の底までついて来るって言ってたから。彼が納得《なっとく》する恩返しをするまで、わたしたち眠らせてもらえないのかもね～。それは困るけど……それを言うと、ジョナスにも困ったわよね……」

背後からは、ジョナスの箱形馬車も当然のような顔をしてついて来る。

しばらく馬車に揺られると、アンは太陽の位置を確かめた。

そろそろ、昼ご飯を兼《か》ねた休憩《きゅうけい》を取る時間だった。アンは道の脇《わき》に連なる林の中に、澄《す》んだ小川が流れているのに目をとめた。林が開けた所を見つけると、そこに馬車を乗り入れた。

ジョナスも、静かに馬車を止める。

アンは荷台の脇につけた樽《たる》に水を補給するため、バケツでせっせと小川の水をくみはじめた。

ジョナスはその様子をしばらく眺《なが》めていたが、自分も、水の補給をする必要に気がついたらしい。バケツを手にして、小川にやってきた。

水をくもうと小川にかがみ込んだアンの隣に、ジョナスも同様にかがみこむ。

気配に気がついて、アンはジョナスに顔を向けた。

ジョナスはいつにない真剣《しんけん》な表情で、アンを見つめ返した。そして、ぽつりと言う。

「アン。わかってくれるかい？　僕は君のことが心配だった。それだけなんだ」

ジョナスは小川に手を入れると、バケツを握《にぎ》るアンの手に触《ふ》れた。

アンはびっくりして、バケツを小川から引きあげてしまった。そんなふうにされても、どう対処していいか困ってしまうばかりだ。けれど彼は彼なりに、優《やさ》しく心をつくしてくれている。

「アン」

呼ばれると、軽いため息がアンの口から漏《も》れた。

ジョナスは、いい人なのだ。無鉄砲《むてっぽう》な行動も、アンのためなのだ。

「ブラディ街道《かいどう》に入ってから、もうすぐ三百キャロンになる。もう四分の一のところまで、来てしまってる。一人で引き返すほうが、危ない。それだったら、一緒《いっしょ》にルイストンまで行った方が安全だから。一緒に行こう」

するとジョナスは、ぱっと笑顔《えがお》になった。

「わかってくれたの!?」

「そのかわり、本当に危険なのよ。それは理解してね」

「でもアンは、戦士妖精を使役《しえき》してるじゃないか。危険はないと思うけど」

「戦士妖精だって、万能《ばんのう》じゃないはずだもの。シャルに頼《たよ》りすぎて、油断しないで」

「それは、わかってる」

そう言うジョナスの表情からは、いまひとつ緊張感《きんちょうかん》が感じられなかった。

ジョナスはおそらく、ノックスベリー村から外へ出たことは、ほとんどない。たまにレジントンへ、買い出しや祭り見物に行くのがせいぜいだったろう。その彼が旅に対して無知なのも、仕方ないかもしれない。

しかし昨日、盗賊に襲《おそ》われたばかりだ。もう少し引き締《し》まった表情をしてほしかった。

シャルは昨日あまりにもあっさり、盗賊を追い払《はら》った。そのことで「戦士妖精がいれば、たいしたことはない」というような安易な考えを、ジョナスに植えつけたかもしれない。

水をくみ終わると昼食をとり、アンたちは出発した。

そして予定通り、三日目の宿泊《しゅくはく》地と決めていた宿砦に到着《とうちゃく》できた。

その日の夕食。アンは、ジョナスも一緒に食べるように誘《さそ》った。

いつものように、小さなたき火を焚《た》いた。

たき火の脇に革《かわ》の敷物《しきもの》を広げ、シャルとジョナスとキャシーを呼んだ。

ミスリルは、呼ばなくとも勝手にやってきた。そして観察するように、彼らの周りをうろうろと歩き回る。

「ジョナスとキャシーに、紹介《しょうかい》しとくわ。彼は、シャル・フェン・シャル。戦士妖精よ。護衛をしてもらうために、わたしがレジントンで買ったの。シャルって呼んでる」

「名前は？　つけてないの？」

「今言ったのが、彼の名前よ」

妖精を紹介されて、ジョナスは困惑《こんわく》した表情だった。妖精は道具と同様。紹介などされないのが普通《ふつう》だ。しかも使役者が名前をつけないという主義も、今ひとつ理解できない様子だった。

キャシーは物珍《ものめずら》しそうにシャルを見ていたが、シャルはキャシーなど目に入らないかのように視線をそらしている。

ジョナスは改めて、シャルをしげしげと眺めた。

「おまえ、戦士妖精にしておくには、もったいないほど綺麗《きれい》だね。愛玩《あいがん》妖精でも売れそうだ」

するとシャルが、冷ややかに応《こた》えた。

「気にいったなら、かかしから俺を買い取るか？　間抜《まぬ》けぐあいでいけば、どっちもどっちだから、俺はどちらに使役されても、かまわない」

「シャル！」

慌《あわ》てて彼の口をふさごうとするが、口から飛び出した言葉は、もはや回収不可能。

妖精《ようせい》から、間抜け呼ばわりされた経験などないはずだ。ジョナスは怒《おこ》るよりも、唖然《あぜん》としていた。

「ま、間抜けって……」

アンは自分が悪いことを言ったような気分になり、弁解する。

「ご、ごめんジョナス！　シャルは口が悪くて、愛玩妖精として売れなかったらしいの。戦士妖精としても、口の悪さが原因で、安値でたたき売られてたし。間抜けだ馬鹿《ばか》だって、わたしも散々言われてるから、気にしないで！　シャルも、わたし以外の人にそんなこと言わないで。他《ほか》の人は、免疫《めんえき》ないんだから！」

「うん。まあ……アンは悪くないんだから、いいよ。それより、そっちの妖精は？」

気をとりなおすように、ジョナスがミスリルに視線を向ける。

ミスリルは出番とばかりに、ずいと輪の中心に出てきた。

「俺か？　俺の名前はミスリル・リッド・ポッド様だっ!!　様をつけて呼んでくれ」

「え、さ、様づけ⁇」

意味がわからないというように、ジョナスは目をぱちくりさせた。

「シャルもミスリル・リッド・ポッドも、そろいもそろって、なんでそんな態度なの⁉　ねぇ、ミスリル・リッド・ポッド。『様』づけしろなんて、どうかと思うわよ。あきらかに、感じが良くないもの」

たしなめたアンの言葉に、ミスリルはしょんぼりした様子でうなだれた。そしてふらふらと、アンの馬車の方へ歩いていく。

ジョナスは当然のように、キャシーを紹介しなかった。

アンの夕食は、水。そして乾燥肉《かんそう》を薄《うす》く切って黒パンに挟《はさ》んだ、サンドイッチ。それをシャルにもあげた。

ちらりとミスリルを見ると、彼はわざとらしく膝《ひざ》を抱《かか》えて、荷台の屋根の上に座って、指先でのの字を書いている。

ミスリルはやたらうるさいから、昨夜からひどく迷惑《めいわく》に感じていた。

しかしよく考えれば、恩返しをしようとする心構えは、立派だ。恩返ししようと決めた相手が憎《にく》い人間の仲間なので、あんな妙《みょう》ちきりんな口上を並べたてただけだろう。

——喋《しゃべ》らなきゃ、とっても可愛いのよね。目とかも、くりくりしてて。

アンは自分の分のサンドイッチを半分にすると、ミスリルを手招きした。

「おいでよ、ミスリル。これ、あげる」

ぱぁっと晴れやかな笑顔になると、ミスリルはぴょんぴょん跳《は》ねながらやってきて、アンの手からサンドイッチをひったくった。

そして真面目《まじめ》な顔で、ひとこと言った。

「俺はミスリル・リッド・ポッドだ。略すな」

「そうだった。ごめんね。ミスリル・リッド・ポッド」

ジョナスにも分けようとしたが、彼は自分の食事はあるといって、荷台から持ってきた。

ジョナスの食事は、アンには考えられないほど豪華《ごうか》だった。

葡萄酒《ぶどうしゅ》。林檎果汁《りんごかじゅう》。白パンに梨《なし》のジャムを挟んだもの。肉を詰《つ》めこんだパイを一切れ。母親が、精一杯《せいいっぱい》のごちそうを用意して持たせた、お坊《ぼっ》ちゃんのピクニックみたいだった。

それを見ると、ジョナスが旅に出ることを両親が承知しているというのも、あながち嘘《うそ》とは思えなかった。

これほど食べ物を細々と取りそろえるのは、家庭の主婦にしかできない芸当だろう。彼は両親に馬車や食料、ついでに護衛まで買い与《あた》えられ、準備を調《ととの》えてもらって出てきたに違《ちが》いない。

しかしアンダー夫妻はなぜ、息子《むすこ》の無謀《むぼう》な行動に協力したのか。さっぱりわからない。

「こんなにごちそうがあるなら、わたしのスープなんていらないわよね」

思わず、アンは呟《つぶや》いた。

すると、ジョナスのコップに葡萄酒を注《つ》いでいたキャシーが、くすりと笑って言った。

「当然です」

ジョナスがキャシーを睨《にら》む。

「黙《だま》れ、キャシー。アンに向かってそんな無礼な口のきき方は、許さないよ」

はっとキャシーが顔色を変えた。おろおろと、取り繕《つくろ》うように言う。

「あ、すみません。ジョナス様。わたし、ただ」

「消えていろ」

キャシーは俯《うつむ》いた。その足先からすうっと色が抜け、透明《とうめい》になる。ついには全身が消える。

ただ彼女が支え持つ葡萄酒の瓶《びん》だけが、ふわふわと浮《う》かんでいるように見える。妖精には、特殊《とくしゅ》な能力がある。キャシーの能力は、姿を消す能力らしい。

ジョナスはすまなそうに言った。

「ごめんね、アン。うちの労働妖精は、しつけがなってなくて。君のスープは、美味《おい》しかったよ本当に。嬉《うれ》しかった」

使役者として、ジョナスの態度は当然なのかもしれなかった。しかしアンは、キャシーが可《か》哀想《わいそう》になった。姿が消える寸前のキャシーは、とても哀《かな》しそうな顔をしていた。

翌朝、再び二台の馬車は走り出した。

ミスリルは嬉しげに、シャルとアンの間に座った。上機嫌《じょうきげん》で、喋りまくる。

「アン。俺が恩返ししてやれることがあれば、遠慮《えんりょ》なく言えよ。けど雑用なんか、言いつけるなよな。もっと立派な恩返しをさせろよ」

「立派な恩返しねぇ。考えるけれど、どうせならばミスリル・リッド・ポッドの能力を使える恩返しを考えた方がいいよね。あなたは、どんな能力があるの？」

訊《き》くとミスリルは待ってましたとばかりに、胸を反らす。

「俺の能力か？　驚《おどろ》くなよ。よく聞け。俺はな、ハイランド王国最北の巨大湖《きょだいこ》レス湖の湖水！

……の水滴《すいてき》が、葉っぱについて。その水滴から生まれたんだ」

「水滴から生まれたの？　妖精って、みんな水滴から生まれるの？」

アンは首を傾《かし》げる。するとミスリルは、ちっちっと人差し指を立ててふる。

「アンは、なんにもしらないんだなぁ。妖精はいろんなものから生まれるんだ。草の実や木の実、水滴や朝露《あさつゆ》や、石や宝石。もののエネルギーが凝縮《ぎょうしゅく》して生まれる。ただエネルギーが凝縮するためには、生き物の視線が必要だ。妖精や人間や獣《けもの》や鳥や。魚でも、虫でもいい。エネルギーは見つめられることで形になって、それが妖精になるんだ。妖精の寿命《じゅみょう》は、生まれる源になったものと、だいたい同じだ」

「で、ミスリル・リッド・ポッドは水滴から生まれて、シャルは何から生まれたの？」

問われたシャルは、ちろりとこちらを見ただけで、返事をしなかった。

かわりにミスリルが答えた。

「こいつは、見たところ黒曜石だ。貴石の妖精は、鋭《するど》いものを作る能力があるんだ。俺は水滴から生まれたからな、水を操《あやつ》る。それが俺の能力さ」

「水を!?　それはすごいじゃない。見せて」

「おう！」

ミスリルは両手を胸の前に広げた。

小さな掌《てのひら》をじっと見つめていると、掌のくぼみに水がわき出す。

その水をミスリルは、まるで粘土《ねんど》をこねるように丸めて、ふわりと投げあげた。それがアンの手の甲《こう》にぴしゃりと当たって弾《はじ》けた。わずかだったが、湖水の冷たさを感じる。

「すごい！　水を操れるなら、鉄砲水《てっぽうみず》に襲《おそ》われたとき、水の進路を変えられるんじゃない!?」

「恐《おそ》ろしいこと言うなよ。できるか、そんなこと」

「じゃあ、なにができるの」

「今、見せただろう」

「え………。あれだけ？」

「そうだけど……なんか、……文句あるのかよ」

がっかりして、アンは肩《かた》を落とす。ミスリルの能力は、たいしたものじゃないらしい。

するとシャルが、皮肉たっぷりに言った。

「小鳥に水をやる時には、役に立つな」

「ううう、うるさい!!　なんだ、その言いぐさは。俺を馬鹿《ばか》にしてるのか。そんな態度は許さないからな。ついでに言っておくが、シャル・フェン・シャル。おまえはアンに対する態度も、改めろ。失礼だ！」

「おまえのほうが、失礼だ」

シャルが冷たく言い返す。

「俺のどこが失礼だ」

「全部」

「なんだとぉ!?」

言い合う二人の妖精を横目で見て、アンは断言した。

「喧嘩《けんか》しなくても、大丈夫《だいじようぶ》よ。二人とも同じくらい、失礼だから」

アンは順調に、距離《きより》を稼《かせ》いだ。

今夜。旅の四日目の宿泊地に決めた宿砦《しゆくさい》に到着《とうちやく》できれば、ブラディ街道を四百キャロン進んだことになる。ブラディ街道の全長千二百キャロンの、三分の一だ。

太陽は徐々《じよじよ》に傾《かたむ》き、山の端《は》が輝《かがや》くオレンジに色づく。

今夜も、おそらく問題なく宿砦に到着できるだろう。そう思っていた矢先だった。

強烈《きようれつ》な斜光《しやこう》が荷台の背を押すように射《さ》していたが、ふいにそれが曇《くも》った。

シャルが空を見あげ、眉《まゆ》をひそめる。ミスリルもつられたように上を見て、顔色を変える。

「おい、シャル・フェン・シャル。こいつは……」

ミスリルが深刻な声を出すので、アンは首を傾げた。

「なに？　どうしたの」

それと同時に、後ろをついてきていたジョナスが馬車の速度をあげ、アンの馬車と御者台《ぎよしやだい》を並べた。

「ねぇ、アン。アン！　上。見て」

怯《おび》えたジョナスの表情で、やっとアンは異変に気がついた。

ジョナスが指さした上空に目をやる。

ぎょっとなった。空が黒い。

先刻から陽《ひ》の光が遮《さえぎ》られていたので、雲が出てきたのだろうと思っていた。

しかし太陽の光を遮っていたのは、雲ではなかった。

何百羽という、荒野《こうや》カラスの群れだった。黒い大きな鳥が群れをなし、鳴き声一つたてずに、彼らを追うように飛んでいる。

「これは……襲撃《しゅうげき》……」

噂《うわさ》に聞いたことがある。荒野カラスは、屍肉《しにく》をあさる掃除屋《そうじ》だ。だがその餌《えさ》となる屍肉がない場合、群れをなして生き物を襲撃し、殺して喰《く》うことがあるという。

これに襲われれば、まず助からないといわれる。

彼らは鋭いくちばしで、最初に生き物の目玉を狙《ねら》ってくる。動きを封《ふう》じて、それから肉をえぐる。荷台の中に逃《に》げ込んでも無駄《むだ》だ。彼らには、知恵《ちえ》がある。荷台の天井板《てんじょういた》を辛抱強《しんぼうづよ》くつつき、穴を空けて侵入《しんにゅう》してくる。

空を埋《う》める、真っ黒い鳥の群れにおののいた。

この大群に襲われれば、命がない。アンたちの手にはおえない。

アンはシャルを見やった。今回こそ、命じる必要がある。こちらも命がかかっているのだ。

「羽を潰《つぶ》されたくなければ、荒野カラスから自分たちを守れ」。そう命じるべき時だ。しかし。

「シャル、お願い」

ついつい、言いかけた。が、「お願い」の言葉に、シャルの目がちらりと光る。「また、お友達ごっこをする気か？」そう、無言でなじられたように感じた。

それを受けて、アンは覚悟《かくご》した。

「シャル。命令するわ。荒野カラスから、わたしたちを守って。わたしはあなたの羽を握《にぎ》ってる。意味は、わかってるよね」

そう命じたが、不安をぬぐえなかった。

シャルの羽を握りつぶすようなひどい真似《まね》を、自分はやりたくないと思っている。それをシャルに見透《みす》かされれば、彼は命令に従ってくれないだろう。

案の定。シャルの目がおもしろがるように細まる。

「いやだ」と言われれば、アンはどうすればいいのだろうか。胸元《むなもと》から羽を引っ張り出して、引き裂《さ》くふりでもするしかないのだろうか。

しかしシャルは頷《うなず》いた。そして、

「馬車を止めろ」

ひとこと言い置くと、御者台を飛び降りた。慌《あわ》てて馬車を止め、飛び降りたシャルをふり返る。光を集めた剣《けん》を掌に出現させながら、彼は背中越《ご》しに素っ気なく言った。

「荷台の中に隠《かく》れてろ」

——従ってくれた？　どうして。

荒野カラスたちが、急停車した彼らに向かって降下してきた。

「アン！」

ジョナスも馬車を止めて、蒼白《そうはく》な顔で空を見る。

「ジョナスも荷台の中に入って！　早く！」

その声に、ジョナスは転げるように荷台の中に逃げ込んだ。

「そうか！　これが恩返しってもんだ。俺も鳥どもを追い払《はら》ってやるぞ！」

ミスリルははたと手を打って立ちあがり、俄然《がぜん》やる気で腕《うで》まくりした。

アンは蒼白になった。

「無理無理無理無理！　死んでも無理だから、来て！」

「無理とはなんだ！　俺の恩返しに、けちをつけ……わぁ！」

しのごの言うミスリルの首根っこをひっつかみ、御者台から飛び降り、荷台に飛びこむ。

「出ていかないでよ。恩返しするために死んだら、わたしが助けた意味がない」

荷台の床《ゆか》に座り、ぎゅっとミスリルを抱《だ》きしめる。

「お、俺は、恩返し……を。……する……」

抱きしめられたミスリルの声は先細りし、その頰《ほお》は徐々に赤くなる。ついには沈黙《ちんもく》した。

アンは外の物音に耳を傾けた。

今まで沈黙していた荒野カラスが、ときの声をあげるように、一斉《いっせい》にギャアギャアと鳴く。

その声が頭上からどっと降ってくるような感覚に襲われ、アンは思わず両手で耳をふさいだ。

どかどかと、荷台に荒野カラスが体当たりをする音と振動《しんどう》がきた。

悲鳴をかみ殺すだけで精一杯《せいいっぱい》だった。

――助けて。……シャル！

馬が怯え動揺《どうよう》しているらしく、荷台が激しく揺《ゆ》れる。

荒野カラスの鳴き声は、荷台を包むように襲ってくる。

体が震《ふる》えるのを、抑《おさ》えられなかった。縮こまって、動けずにいた。

するとミスリルの小さな手が、そっとアンの頰に触《ふ》れた。

「怖《こわ》がるなよ、アン。大丈夫だ。シャル・フェン・シャルは黒曜石だ。俺たちとは違《ちが》う。傷つかないし、壊《こわ》れない。妖精《ようせい》の中でも、とびきり強い」

かなりの時間が経《た》ってから、ようやく、馬車に激突《げきとつ》してくる衝撃《しょうげき》の数が減った気がした。耳《みみ》障《ざわ》りな鳥の声が減る。少しずつ、外が静かになってきた。

完全な静寂《せいじゃく》が戻《もど》った。アンとミスリルは、顔を見合わせた。

「終わったのかしら」

「さあ……わかんないけど」

アンは顔をあげ、ミスリルを床に置くと、立ちあがった。おそるおそる扉《とびら》を開いた。

途端《とたん》。目の前をどさりと、黒いものが落下した。

「わっ!!」

尻餅《しりもち》をついて、後ずさる。

荷台の屋根から滑《すべ》り落ち、ステップの上に載《の》ったのは荒野カラスの死体だった。それを確認《かくにん》すると、目を前方に向けた。

開いた扉の向こうに見えたのは、真っ黒な街道《かいどう》。

街道は黒い羽毛《うもう》を敷《し》きつめたように、カラスの死骸《しがい》で埋まっていた。

その真っ黒な絨毯《じゅうたん》の上で、白い頬に血しぶきを浴びて、シャルが佇《たたず》んでいた。

「……シャル」

呼ぶと彼は、アンに視線を向けた。

ぞっとするような、それでいてうっとりするような、鋭《するど》い目をしていた。その姿は、黒曜石から研《と》ぎ出した刃《やいば》そのもの。

手にある剣をふって消滅《しょうめつ》させると、シャルは無造作に、頬の血をぬぐった。そしてゆっくりと、黒い絨毯を踏《ふ》んでこちらにやってくる。

へたり込んでいるアンを見ると、馬鹿にするようにくすりと笑った。

「腰《こし》が抜《ぬ》けたか」

「ち、違うわよ」

断固否定して立ちあがろうとしたが、足に力が入らずによろけた。

危《あや》うく荷台から転げ落ちそうになったところを、シャルが抱き留めた。

その拍子《ひょうし》に、風になびいたシャルの羽が、ふわりとアンの頬に触れた。その絹よりもなめらかな感触《かんしょく》に、ぞくりとした甘いものが背を走る。

見あげると、黒い瞳《ひとみ》がアンを見ていた。思わず、見とれる。

吸いこまれそうな黒。なんて綺麗《きれい》なんだろうと、改めて思う。見つめられると、こちらの体が溶《と》けてしまいそうなほどの色艶《いろつや》。

「どうした、かかし。サービスをご所望《しょもう》か？」

甘い声で意地悪な質問を囁《ささや》かれ、かっとなる。

「誰《だれ》が!!」

あわてて身を離《はな》し、シャルに背を向ける。

「とにかく、あ、ありがとう。助けてくれて」

頬が赤らんでいるのを、悟《さと》られていなければいいと思った。


「すごい数。これに襲《おそ》われていたら、確実に命がなかったわね」

ドレスの裾《すそ》をつまんで、荒野《こうや》カラスの死体をまたぎながら、アンは御者台《ぎょしゃだい》へ向かっていく。

ジョナスも荷台から降りてくると、アンの隣《となり》に並んだ。

「ほんとうに、助かったね。アン。君がシャルを使役《しえき》してるおかげだよ」

言われるとアンは、ちらりとシャルをふり返って、困ったような表情をした。

「え……うん。まあね」

再び歩き出したアンの後ろ姿を見て、シャルは苦笑《くしょう》した。

アンはシャルを使役しようと、精一杯強がって彼に命じた。

しかし。彼女の命令には、使役者の冷酷《れいこく》さがない。シャルの羽を握りつぶすと脅《おど》しても、彼女がそれを実行できないことが、シャルにはわかっていた。

だがシャルは、アンたちを守った。命じられたから従ったわけではない。アンが荒野カラスにつつき殺されれば、彼女が握っているシャルの羽も危うい。

だからアンを守ったにすぎない。

自分の命令の弱さと、それをシャルに見透かされていることに、アンは気がついている。自分の命令でシャルが動いていないことを、彼女は感づいている。

その辺りの勘《かん》は、良いらしい。

──俺の羽を抱《だ》いているんだ。しっかりしろ、かかし。

アンは使役者というよりは、お荷物だ。シャルの羽を抱き込んで離さないから、けして粗略《そりやく》に扱《あつか》えない。側《そば》を離れられない。

シャルにしてみれば、鍵《かぎ》をなくして開けることができない、生きた宝箱を連れて歩いているようなものだ。

こんな頼《たよ》りない娘《むすめ》が、どうしてたった一人旅をしているのか。不思議だった。

怯《おび》えている馬をなだめたアンは、轡《くつわ》を引いて、荒野カラスの死骸が散乱する場所をゆっくりと通らせた。おびただしい数の死骸。こうしなければ自分たちの命が危なかったとはいえ、これだけの数の命が消えたことを足の下に実感すると、気持ちが沈《しず》んだ。

——この中には、巣に雛《ひな》を残してきた荒野カラスも、いたかもしれないんだ……。

けれどこれが生き抜くために必要なことだとすれば、これからは、こんな出来事に対する気持ちの折り合いをつける方法を、見つけなければならないのだろう。

いやなことや怖いことから、アンの目をふさいで守ってくれるエマは、もういないのだから。

しばらくすると馬も落ち着きを取り戻し、普通《ふつう》に馬車が走れる状態になった。

ようやく御者台に、腰を落ち着ける。

しかしアンは空を見あげて、眉《まゆ》をひそめた。

「まずいわね」

太陽が半分まで、山の陰《かげ》に隠《かく》れていた。東の空はすでに、藍色《あいいろ》に暮れかけている。

荒野カラスの襲撃《しゅうげき》のために、時間をとられすぎてしまったのだ。

このままでは、日が沈むまでに宿砦《しゅくさい》にたどり着くことは難しい。

「一難去って、また一難だわ」

「どうする。荷台の中で、夜明かしするか？」

シャルはいち早く、危険に気がついたらしい。御者台のとなりに座ると、そう言った。

「そうなったら、シャルに寝《ね》ずの番をお願いしなくちゃならない。今、荒野カラスを追っ払《ぱら》ってくれたばかりなのに、そんな負担かけられない……」

「任せろ！　俺が寝ずの番をしてやるぞ！　今度こそ、俺の出番だ！」

アンとシャルのあいだから、ミスリルが「はいはいは～い」と、手をあげる。

アンは苦笑した。

「どうしようもなければ、お願いするけど。ちょっと、待って」

荷台の下から地図を引っ張り出すと、地図に描《か》かれた街道を指で辿《たど》る。

四日目の宿と決めていた宿砦は、まだ先。

しかし宿砦の手前。アンたちが今いる場所から少し先に、宿砦とは別の書き込みがあった。

医者宿とある。

ジョナスも馬車を並べると、不安げに空を見る。

「アン。もうすぐ、暗くなる。宿砦まで、とにかく走るしかないかもね」

「暗くなるとすぐに、野獣《やじゅう》が活動するわ。暗くなってからの移動は危険よ。その前に、安全な場所に逃《に》げ込まなくちゃ。もう少し走れば、医者宿がある。そこに逃げ込みましょう。もしこの医者宿が廃業《はいぎょう》していたら、仕方ない。危険を承知で宿砦まで走るか、街道の脇《わき》に馬車を止めて、荷台の中で夜をやり過ごすか。どちらかにしましょう」

告げると手早く地図を片づけた。ジョナスが首を傾《かし》げる。

「医者宿って、なんだい？」

「名前のとおり、お医者さんの家よ。へんぴな場所で開業しているお医者さんが、旅人を宿泊《しゅくはく》させてくれる宿なの。盗賊《とうぞく》たちも、お医者さんのお世話にはなるでしょう？　だから盗賊も、滅多《めった》に手を出さないから、お医者さんの家は安全なのよ。ただし、お医者さんが死んでたり、引っ越《こ》してたりしたら、無くなってることがあるから。旅では、あまり当てにしない方がいいのだけれど……あってくれるように願うわ。とにかく、急ぎましょう！」

馬に鞭《むち》を当てた。ジョナスも、さすがに表情を引き締《し》めて、馬車を発車させた。

太陽は無慈悲《むじひ》なほど、みるみる沈んでいく。

東からわき出してくる暗い空に、恐《おそ》ろしさを覚える。

もっと速くと、馬に鞭を当てる。しかし、アンの馬は年寄りだ。乱暴に扱いたくなかった。

エマならば、馬の呼吸から馬の疲労《ひろう》を的確に読み取り、ぎりぎりの速さで走らせることが出来た。アンはまだ、それほど熟練していない。

迫《せま》ってくる暗闇《くらやみ》に、焦《あせ》りが募《つの》る。

「もっと速く……、無理かな？　でも、どうしよう。ママだったら、ちゃんとやれるのに」

前を見すえながら、思わず呟《つぶや》く。

シャルがちらりとアンを見やる。

「その母親は？　どこにいる」

質問が、胸にずきりとした痛みをあたえた。それをねじ伏せるように、アンは無理に笑顔《えがお》をつくった。そして、つとめて明るく言った。

「ママは死んだの。言ってなかったかな」

無表情なシャルの顔に、わずかに驚《おどろ》きが見えた。

「銀砂糖師だったママは、半月前に死んだ。わたしとママは、ずっと国中を旅してたから、わたしには故郷なんてないの。身寄りもママ以外いない。ママが死んじゃって、さて生活どうしようかなって考えて、わたしは銀砂糖師になることに決めたの。秋の終わりにルイストンで開《かい》催《さい》される砂糖菓子《がし》品評会に出品して、銀砂糖師になるつもりなの。銀砂糖師には、今年なりたい。その理由、わかる？」

シャルは肩《かた》をすくめた。わからなくて当然だ。

アンは続ける。余計なことを考えないように、迫り来る闇に視線をすえて。先を急ぐことだけを考えようとして、口を動かす。

「冬に昇魂日《プル・ソウル・デイ》があるでしょ。その年亡《な》くなった人を、天国へ送るお祭りの日。そのお祭りの時に、わたしは銀砂糖師になった自分の手で立派な砂糖菓子を作って、ママの魂《たましい》を天国へ送るの。わたしの手で作った、国一番の砂糖菓子でね。そしたらママも安心して、天国へ行けると思わない？　いい考えでしょ」

まくし立てるように、一気に陽気な口調で喋《しゃべ》った。そうして言葉で封《ふう》じないと、胸の中にあるなにかが、あふれてくるような気がしたからだ。

今年の砂糖菓子品評会に間にあいたい理由。

今年、銀砂糖師になりたい理由。

それは最高と認められた自分の腕《うで》で、最高の砂糖菓子を作り、母親を天国へ送りたいから。

たったそれだけの理由だった。

感傷的だと、自分でもわかっている。

けれど必死だった。今はそれだけが、アンの望みだった。

目の前にある、なにか。エマのためにできる、なにか。それにすがって走り続けていなければ、足もとが次々に崩《くず》れて、底のない暗闇に落ちていきそうな気がする。

なにかを探《さぐ》るように、シャルがアンを見つめていた。彼は、黒曜石から生まれたらしい。確かにその瞳《ひとみ》は、黒曜石のように綺麗《きれい》で深い。

その目に心を見透《みす》かされそうで、アンはシャルの目を見ることが出来なかった。

「ものから生まれるなら、妖精《ようせい》は一人で生まれるんでしょう？　それも、いいかもね」

心の中に、ふっと隙間《すきま》がひらいた。

急がなくてはいけないという焦りが、一瞬《いっしゅん》、遠のいた。

胸の中で、からからと風が吹《ふ》く音さえしそうだった。

「ママとかいると、いなくなったとき大変。心臓が無くなったみたいな気持ちになる。最初からいなければ、こんな気持ち知らなくてすむ」

呟くように言った。するとシャルが、静かに応《こた》えた。

「一人で生まれても、別れがないわけじゃない。誰《だれ》かがいなくなるときの気持ちを、妖精も知らないわけじゃない」

それだけ言うと、シャルは黙《だま》りこんだ。

アンの心の中にあるのと近い感情が、シャルの中にある。沈黙《ちんもく》はそれを確信させた。

しかしその沈黙が、いたたまれない。

これ以上言葉を続ければ、自分の中でせき止めている感情があふれそうだ。

アンが必死でせき止めている感情は、どうしようもない孤独《こどく》。シャルの中にも、確かに孤独がある。もしそれが触《ふ》れあえば、孤独が一気にあふれ出し、押しつぶされそうだった。

アンは前だけを見つめ続けた。


――それで、母親がいないのか。

かたくなに前だけを見つめるアンの横顔に視線を向けながら、シャルは納得《なっとく》する。

アンが無意識に孤独を慰《なぐさ》めてくれる相手を求めていることも、納得できた。

彼女は、ひとりぼっちだ。やせっぽちの十五歳の女の子が、たった一人なのだ。あまりにも頼《たよ》りない。その孤独感は、どれほどだろうか。

暗闇が体にしみこむような、圧倒的《あっとうてき》な孤独感。シャルもそれは知っていた。

砂糖菓子品評会に出て銀砂糖師になれば、孤独でなくなるとでもアンは思っているのだろうか。

それとも、そうやって目の前のぎりぎりの目標を追っていなければ、彼女自身が崩れてしまうのだろうか。

おそらく、後者だろう。

――そうであるなら、追えばいい。

思い出すのは、羽をもぎ取られたときの痛み。そしてその後の、様々な出来事。

羽をなくしたことよりも、苦しかった別離《べつり》。

——リズ……。

あの時シャルも自らを支えるために、目の前のぎりぎりのものに向かって走り続けた。

そうしていれば、なにも考えずにすんだ。

その間は、幸せではなかったが、不幸でもなかった。

崩れてしまうのであれば、追わせてやりたい。たとえ相手が人間でも、同じ思いを知る者として、そう感じた。

ミスリルは心配そうに、黙ってアンを見つめていた。

その時。硬《かた》かったアンの表情が、ぱっと明るくなった。

「あっ！ 見て、灯《あか》りよ！」

空全体が藍色《あいいろ》に染まりきろうとしている、暗い街道《かいどう》の前方右手。山の陰《かげ》を背負うようにして、高い石の塀《へい》に囲まれた、こぢんまりした家が現れた。医者宿だ。

形も大きさも不揃《ふぞろ》いの石を組み上げた塀が、一カ所だけ開いていた。門だ。門には分厚い、観音開きの木製扉《とびら》がつけられている。

門の中。石組みの壁《かべ》に、木の屋根を載《の》せた建物が見える。窓からは、暖かい色の明かりが漏《も》れていた。

石の塀に取りつけられた分厚い門扉《もんぴ》が、今しも閉じられようとしている。アンが叫《さけ》んだ。

「待って！」

四章　医者宿の夜

門扉を閉めようとしていたのは、中年の男だった。ひょろりとしていて、髭《ひげ》もじゃで、ぼさぼさの白髪《しらが》交《ま》じりの髪《かみ》をしていた。しかしその顔つきには、知性が感じられる。

「待って、待ってください！　お願い！」

駆《か》けてくるアンたちの馬車を認めると、扉を半開きにした状態で、男は待ってくれた。

門前まで来るとアンは馬車を止め、御者台《ぎょしゃだい》を降りた。

焦ってはいたが、ちゃんと頭を下げることは忘れなかった。

「こんなに暗くなってから、ごめんなさい。ここに住んでいらっしゃる、お医者様ですか？」

訊《き》くと、男は頷《うなず》いた。

「そうだよ」

「わたしたち、今夜この先の宿砦《しゅくさい》に泊《と》まろうと思っていた、旅の者なんです。けれど荒野《こうや》カラスの襲撃《しゅうげき》にあって、時間をとられてしまって。とても宿砦まで、たどり着けないんです。お願いです、今夜一晩泊めてください」

医者宿と呼ばれていても、結局、医者個人の家だ。医者がいやだと言えば、旅人は泊まることが出来ない。

できるだけちゃんと、相手に自分たちのことを理解してもらえるように努めた。

医者は、薄闇《うすやみ》をすかすようにしてアンの馬車に目を向ける。

「確かに。荒野カラスに襲撃されたようだね。馬車の外壁《がいへき》、たくさんつつかれた痕《あと》がある。よく無事に逃《に》げおおせたね」

「彼がいてくれたので。戦士妖精なんです」

アンは、御者台に座るシャルをふり返った。

医者もつられてシャルの方を見て、ほうっと声をあげた。

「綺麗な妖精だ。これほどの妖精、なかなかお目にかかれないねぇ。これ戦士妖精？　愛玩《あいがん》妖精じゃなくて？」

医者はふらふらっと御者台に歩み寄ると、シャルを見あげた。しばらくシャルに見とれているようにぼうっとして、動かなくなる。

辺りがすっかり暗くなっていたし、狼《おおかみ》の遠吠《とおぼ》えが聞こえた。

アンはしびれを切らしそうになったが、ぐっとこらえていた。しかし。

「妖精が珍《めずら》しいか？　もじゃもじゃ」

シャルが、うんざりしたように言ってしまった。

アンは蒼白《そうはく》になり、悲鳴をあげそうになる。

――ひゃぁぁあ――!!　シャルぅぅ――！　なんてことをっっ――!!

どっと冷や汗《あせ》が吹き出す。

確かに。この医者の髪の毛も髭も、この上なく、もじゃもじゃだ。正しく、もじゃもじゃだ。

しかし怒《おこ》らせたら、とんでもないことになる。

医者は夢から覚めたように、目をしばたたいた。そして照れたように笑うと、アンに向きなおった。

「や、失礼失礼。こんな場所に住んでいると、綺麗なものは珍しくてね。それにしても、大変な目にあったようだ。どうぞ、泊まっていきなさい。お代は一人、六十バイン。それでよければ、二台とも馬車を塀の中にいれていいよ」

「あ、ありがとうございます！」

アンは冷や汗を拭《ふ》き拭き、ほっとして、深く頭を下げた。

塀の中に馬車を入れると、そこにはすでにもう一台、先客の馬車が入れられていた。

先客の馬車は、塗《ぬ》りが上等なのが一目でわかった。古びてはいたが、重厚《じゅうこう》な造りだ。

その馬車と自分の馬車を並べたジョナスは、アンの傍《そば》に来ると、小さな声で訊いた。

「見てよ、アン。この馬車、格式が高いよね。先客は身分のある人なのかな？　そうだったら、緊張《きんちょう》する」

「お行儀《ぎょうぎ》良くしないといけないかもね。特にシャルには、口を慎《つつし》んでもらいたいけど……」

家の戸口に向かいながら、アンは、となりを歩くシャルを厳しい顔で見あげた。

「シャル。さっきは、心臓が止まるかと思ったわよ。もじゃもじゃなんて言って」

するとぴょんぴょんと、アンについて来ていたミスリルが、非難の声をあげる。

「そうだそうだ。あいつは、『もじゃもじゃ』よりも、『ひょろひょろ』と呼ぶべきだ！」

「そうよそうよ。『もじゃもじゃ』より『ひょろひょろ』！……って、ちが――う!!」

アンは二人の妖精《ようせい》に向かって怒鳴《どな》った。

「『もじゃもじゃ』も『ひょろひょろ』も、良くないってばっ！　怒らせたら、どうするの。たたき出されるわよ！」

するとシャルが、平然と言う。

「あんなことで、怒るような人間じゃない。見ればわかる。妖精市場で、散々いろんな人間に悪態をついたから、自信がある」

「そんな変な自信、いらないから！　とにかくお願い。悪態つくのはやめて」

「長年の癖《くせ》だから、やめる自信はない」

きっぱり言われると、もう仕方ないとアンは肩《かた》を落とした。

シャルが何かを言ってだれかを怒らせたら、アンが全力で頭をさげて、謝るしかなさそうだ。

扉を開き、家の中に踏《ふ》みこんだ。

扉を入ると、しきりのない広い部屋になっていた。

一方の壁際《かべぎわ》に薬戸棚《とだな》と、治療《ちりょう》用らしき木製のベッドが置かれていた。逆の壁際には、素材もデザインもばらばらのテーブルセットが三つ置かれている。診療《しんりょう》室と食堂を兼《か》ねているようだ。

先客の姿は見えなかった。割り当てられた部屋で、休んでいるのかもしれない。

医者はアンたちを、奥にある扉に導いた。

扉の向こうは、扉と垂直になった廊下《ろうか》だった。廊下の一方の端《はし》には、台所らしき部屋。もう一方は、浴室らしき部屋だ。

廊下の左右には扉が三つずつ並んでいて、それらが客室に当てられている部屋らしい。

アンとジョナスは、一部屋ずつを割り当てられた。

アンの割り当てられた部屋には、ベッドが二つ。小さな窓に、清潔なカーテンがかけられていた。簡素ではあったが、居心地《いごこち》が良さそうだった。

「荷物を置いて少し休んだら、食堂においで。簡単なスープなら、出してあげられるから」

医者はそう告げると、食堂へ帰って行った。

もとより、置くほどの荷物も持ち合わせていない。それよりもアンのお腹《なか》は、ぐうぐう鳴っていた。ジョナスも同様らしく、アンの部屋にやってきて空腹を訴《うった》えた。

アンたちはいくらもしないうちに、のこのこと食堂に顔を出した。

食堂では、医者がテーブルの一つに大鍋《おおなべ》を置き、陶器《とうき》の皿にスープをよそっていた。

医者がスープを準備しているのとは別のテーブルに、二人の青年が座っている。

ジョナスが、アンに囁《ささや》く。

「あれが、先客だよね。それほど、たいした身なりじゃないけど」

二人の青年は向かい合わせで、カード遊びをしている。

一人は背の高い、がっちりとした体軀《たいく》の青年。おさまりの悪そうな茶色の髪を、ぞんざいに整えている。身につけているシャツもズボンも上衣《うわぎ》も、華美《かび》ではないが、仕立ては良さそうだ。

しかし、仕立ての良い衣服にも包み隠《かく》せない野性味のようなものが、茶の瞳《ひとみ》にちらちらと見える。

もう一人は、変わった風貌《ふうぼう》の青年だった。引きしまった筋肉質の体に、褐色《かっしょく》の肌《はだ》。真っ白な髪の毛。灰色がかった瞳。しなやかな、猫《ねこ》科の猛獣《もうじゅう》を思わせる。おそらく大陸にある王国からやってきたのだろう。革製《かわせい》のズボンとベストを身につけており、傍《かたわ》らに、ゆるやかな弧《こ》を描《えが》く剣《けん》を置いている。

お忍《しの》びの身分ある人物。そしてその護衛。そんなところだろうと、アンは推測した。

「おや、来たね。こちらにおいでよ、スープが準備できた」

医者がアンたちに気がつき、声をかけた。

その声に二人の青年が、アンたちが顔を覗《のぞ》かせている扉《とびら》に視線を向ける。

「こちらに座りなさい。味はどうか知らないが、量はあるよ。たくさん食べていいから」

「ありがとうございます」

アンは愛想《あいそ》良く返事すると、みんなで食堂に入った。

医者が大鍋を置いたテーブルに、アンとジョナスが座った。そこでアンは、シャルとミスリル、それにキャシーが、テーブルから離《はな》れようとしているのに気がついた。

「どうしたの、三人とも。はやく座らないと」

アンが呼び止めた。すると、医者と先客の青年たちが、驚《おどろ》いたようにアンを見た。

「え？　なに」

その視線にたじろいだアンに、ジョナスが囁く。

「アン。妖精と食事を一緒《いっしょ》にするなんて、普通《ふつう》しないだろう⁉」

「わたしは、するけど」

「普通は、しないんだよ！　ここは医者宿とはいえ、宿屋だろう？　公《おおやけ》の場でそんなこと言ったら、常識知らずだと思われるよ」

その言葉に、自分がいわゆる『常識』から外れたことをしたのだと理解した。

しかし同時に、腹が立ってきた。そこまで妖精たちを貶《おとし》めて、いったい何が楽しいのか。

「そんな常識なら、知らなくていい。わたしは知らない。だから、シャルたちと食事したい」

アンは医者の顔を見た。

「わたしたち、旅の間一緒に食事してきました。一緒に食事したいんです。もし駄目《だめ》なら、わたしも食事しませんから」

「そうだねぇ。わたしは気にしないほうなんだが、ほら、君。今は別のお客も……」

歯切れの悪い医者の声をかき消すように、突如《とつじょ》、大きな笑い声が響《ひび》いた。

「かまわないさ‼　俺も気にしないぜ！」

それは先客の一人、茶の髪《かみ》をした青年だった。笑いながら、大きな掌《てのひら》をアンに向かってふってみせた。

「よお。お嬢《じょう》ちゃん。あんた、名前は」

「アンです。アン・ハルフォード」

「俺は、ヒューだ。遠慮《えんりょ》はいらないぜ、アン。妖精たちを席に呼んでやれよ」

「ありがとう」

砕《くだ》けた態度と陽気な笑顔《えがお》に、その場の雰囲気《ふんいき》がなごむ。

どうしたものかと戸惑《とまど》っていた様子の妖精たちを、アンは自分のテーブルに招いた。

アンたちがスープを食べ始めると、ヒューと名乗った青年は、遊んでいたカードを手元にまとめてしまった。そしてとなりのテーブルから身を乗り出して、アンに話しかけてきた。

「おまえら、どこから来たんだ。こんな街道《かいどう》を通って、どこへなにしに行こうってんだ」

「彼、ジョナスはノックスベリー村。わたしは、生まれてから定住したことがないから、どこから来たとは言えないけど。わたしたち、ルイストンへ行くの」

そこでジョナスが、ちょっと威張《いば》るように胸を張った。

「僕たちはルイストンで開催《かいさい》される、砂糖菓子品評会《がし》に参加するつもりなんだよ。僕も彼女も、砂糖菓子職人なんだ」

「へぇ！　おまえたち、砂糖菓子職人か。けど、普通の砂糖菓子職人にしては、贅沢《ぜいたく》しているな。労働妖精二人に、愛玩《あいがん》妖精か」

ヒューはにやにやしながら、立ちあがった。シャルの脇《わき》に立つと、じっくりと顔を覗きこむ。

「ふぅ～ん。こりゃ、高かったろう。こいつは、誰《だれ》の使役《しえき》している愛玩妖精だ」

シャルはスープの皿に手を添《そ》えて、静かに食事していた。一瞬《いっしゅん》だけ、鋭《するど》い目でちらりとヒューを見たが、ありがたいことに何も言わなかった。

「シャルは、わたしが買ったの。でも愛玩妖精じゃないわ。戦士妖精よ。護衛なの」

「戦士妖精？　嘘《うそ》をつけ。恥《は》ずかしがらなくてもいいさ。年頃《としごろ》の女の子なら、こんな姿の妖精、連れ歩きたくなって当然だ。アンはこの妖精に、惚《ほ》れたのか？　だから買ったのか」

からかわれていると、わかっていた。だが恥ずかしさに、かっとなった。

「そんなんじゃないわ」

「照れない照れない。そんな嘘つかなくても、わかってるって」

「嘘じゃない！」

思わず声が高くなる。ヒューは面白《おもしろ》そうな顔で、目を光らせた。

「じゃ、証明してみるか？」

ヒューは連れの青年を、ちらりと見やった。そして一歩下がる。

今まで存在が消えたように沈黙《ちんもく》していた青年が、ヒューの目配せに反応した。

青年は突如、傍らの剣を摑《つか》むなり抜《ぬ》きはなち、椅子《いす》を蹴《け》った。猟犬《りょうけん》が身を低くして、駆《か》けだす様に似ていた。刃《やいば》が、シャルに向かって流れる。

「シャル！」

悲鳴をあげるアンよりはやく、シャルは立ちあがり背後に跳《と》んだ。

二回目の斬撃《ざんげき》がシャルに襲《おそ》いかかる前に、シャルの手には白銀色の剣が出現していた。

力一杯《ちからいっぱい》ふりおろされた剣を、シャルの剣が受け止めた。

刃がぶつかり、衝撃《しょうげき》が波動となって空気を突《つ》き抜ける。

「やるな」

褐色の肌の青年が、無表情で呟《つぶや》く。

シャルは口もとで笑い、相手に向かって囁く。

「殺されたいのか?」

「あいにく。そこまで壊《こわ》れてない」

きりきりと、刃が擦《こす》れあう音が響く。力が拮抗《きっこう》し、双方《そうほう》動けない。

「なるほど。確かに、戦士妖精《ようせい》」

ヒューは驚いたように言うと、にこりと笑った。

「もういい、サリム。剣をひけ」

命じられ、サリムと呼ばれた彼は、あっさりと剣を引いた。

シャルも肩《かた》をすくめ、かまえをとくと剣を消す。

「なんてことするのよ、この、大馬鹿《おおばか》!!　わたしの連れに怪我《けが》でもさせたら、ただじゃおかないんだから!」

我に返ったアンは思わず立ちあがり、ヒューの胸《むな》ぐらを摑んでいた。

「悪《わ》りー悪りー。そう怒《おこ》るなって。こ〜んなべっぴんの戦士妖精なんて、信じられなくてな〜。ためしてみたくなったんだよ」

まったく悪びれたところもなく、ヒューは言う。

「だからって、こんなことする!?」

「いやぁ、だから謝るって。お詫《わ》びに、おまえたちの分の宿代、出してやるよ」

「そんな誤魔化《ごまか》しっ！　て、……え、宿代？……本当？」

相手の胸ぐらを掴んでいた手が、思わずゆるむ。

この半年、エマの治療《ちりよう》費がかなり必要だった。しかもアンが稼《かせ》ぎ出す金額は、たかが知れていた。貯金を切り崩《くず》して、半年暮らした。そしてその残りのなけなしの金で、シャルを買った。

ここの宿代を支払《しはら》ってしまえば、アンはほぼ一文無しになる。

ヒューの申し出は、とてつもなくありがたかった。

「一、二、三……と、五人分で、六十バインかける五で、三クレスか。わりとかかるな。お詫びにしては、高額だよなぁ」

「なにそれ、自分で言い出したんじゃない!?」

「そうだがな。ちょっと、俺の方が損な気がする。そうだ、おまえら砂糖菓子職人だと言ったよな。一個ずつ、砂糖菓子を作ってくれよ。それで俺が、五人分の宿代を払《はら》ってやる」

「はぁ!?」

「掌の大きさでいい。それくらいの砂糖菓子なら、せいぜい二つで、十バインだろう。十バインで、三クレスがちゃらになるぜ。悪くないだろう」

いいように、ヒューに弄《もてあそ》ばれているような気がした。

しかし宿代がかからないというのは、魅力《みりよく》的だ。

アンはジョナスをふり返った。ジョナスは、頷《うなず》いた。

「僕に異存はないよ、アン」

なぜかジョナスは、嬉《うれ》しそうだった。

アンはヒューに向きなおると、むっとしながらも、言った。

「わかったわ。砂糖菓子は作る。そのかわり、絶対に宿代は支払ってよ」

「なんなら、跪《ひざまず》いて誓《ちか》ってやろうか」

「いらないわよ、そんな嘘くさい誓い。じゃ、待ってて。食事を済ませて、作るから」

食事が終わると、アンはジョナスと一緒《いっしょ》に、銀砂糖をとりに自分の馬車に向かった。

馬車の荷台の中には、壁《かべ》の一方に寄せるようにして、銀砂糖を詰《つ》めこんだ樽《たる》が並んでいる。

樽は五つ。

一つはから。もう一つは、三分の二ほど銀砂糖が入っている。残り三つは、縁《ふち》までぎっしりと銀砂糖が詰まっている。

ルイストンの砂糖菓子品評会に参加する者は、祝祭用の砂糖菓子の作品を一つ提出する。それと同時に、三樽の銀砂糖も提出する必要がある。

細工がうまいだけでなく、上質な銀砂糖を安定して精製できる技術も問われるからだ。

砂糖林檎《りんご》から銀砂糖を精製するのは、十歳の時からアンの仕事だった。

「樽三つは使えないから、三分の二樽で品評会用の作品をつくるとしても。量は、充分《じゅうぶん》ね。掌の大きさの砂糖菓子を十個作っても、その残りで品評会用の作品は、余裕《よゆう》で作れる」

呟きながら、樽の蓋《ふた》を開ける。

石の器《うつわ》に銀砂糖を入れて、一杯《いっぱい》をジョナスに渡《わた》す。もう一杯を別の器にくみ上げて、馬車を出る。

「なんだか、わくわくするな」

家に向かいながら嬉しそうに言うジョナスを、アンはいぶかしんだ。

「なんで？　なんかあいつに、からかわれてる気がする」

「それでもさ、人前で自分の技術を披露《ひろう》するなんて、誇《ほこ》らしいじゃないか」

「そうかな」

「そうだよ。僕は自分の技術に自信がある。実は、ここだけの話。僕がラドクリフ工房《こうぼう》派の長《おさ》に推薦《すいせん》される可能性は、とても高いんだよ。僕の作品を見てね、現在のラドクリフ工房派の長……僕の遠縁《とおえん》にあたる人なんだけど。その人が、僕を気に入ってくれてるみたいなんだ。もちろん長になるためには、銀砂糖師にならなくちゃいけないけど」

砂糖菓子職人には、大きな三つの派閥《はばつ》があった。

マーキュリー工房派。

ペイジ工房派。

そして、ラドクリフ工房派だ。

砂糖菓子職人は、どれかの派閥に所属していなければ、原料となる砂糖林檎の確保や、作った砂糖菓子を売りさばくのに、妨害《ぼうがい》を受け難儀《なんぎ》する。

だからたいがいの砂糖菓子職人は、どこかの派閥に所属しているものだ。

無論、各派閥は様々に競《きそ》い合っているから、争いもある。

アンの母親のエマは、派閥に所属していなかった。派閥のやり方が気に入らないと言って、苦労しながら砂糖林檎を確保し、砂糖菓子《がし》を売りさばいていた。

ジョナスが誇らしげに語るのを聞くにつけ、彼には、アンとまったく違《ちが》う価値観と世界があるのだと感じる。

ただ。銀砂糖師になりたいという、その希望だけは同じらしい。

「じゃ、ジョナスも銀砂糖師になりたいのよね。今回の砂糖菓子品評会に、参加したら?」

「いや。僕は……去年とその前、二回参加して、まだ銀砂糖師になれてないから。今年は見送り。もう少し腕《うで》を磨《みが》いて、参加は来年にするよ。でも将来的には、銀砂糖師には絶対ならなくちゃ。そうしないと、ラドクリフ工房派の長にはなれない。銀砂糖子爵《ししゃく》にもなれない」

銀砂糖子爵の言葉を聞いて、アンは目を丸くする。

「ジョナス。そんなものになりたいの?」

銀砂糖子爵。

それは銀砂糖師の中から一人だけ王に選ばれる、王家専属の銀砂糖師のことだ。

選ばれた銀砂糖師には、一代限りではあるが、子爵の称号《しょうごう》が与《あた》えられる。

銀砂糖子爵の命令には、各砂糖菓子派閥《はばつ》は従わなければならない。命令に従わないことは、王命に従わないことと見なされる。

銀砂糖子爵は、砂糖菓子職人の頂点だ。

「なりたいよ。というか、僕は絶対に銀砂糖子爵になるよ。だって庶民《しょみん》の出でも貴族になれるなんて、これ以上の素敵《すてき》な夢、ないだろう？　だから、アン」

ふと、ジョナスが歩みを止めた。つられて、アンも立ち止まる。

「僕と結婚《けっこん》してくれない？　僕は銀砂糖師になって、銀砂糖子爵になって。君に、幸せな生活を約束するから」

月が、雲間から顔を出した。ジョナスの顔がはっきり見える。

嬉しい言葉のはずだった。しかし目の前の彼と幸せな生活をすると考えても、どうもぴんと来なかった。

整ったジョナスの顔を見て、言葉を聞いても、心はざわめかない。

――ジョナスよりも……。

突然《とつぜん》、脳裏《のうり》に浮《う》かんだのはシャルの姿。シャルの顔を思い出した自分に、我ながら慌《あわ》てた。

「ごめん。ジョナス。とにかく今は、その話はよそう」

急いで家の中にはいると、ヒューがテーブルに座って待っていた。彼の対面には、椅子《いす》が並べられて二脚《きゃく》。

妖精たちやサリム、医者は、観客のようにその周囲に集まっている。

「さ、二人とも。椅子に座ってくれ。俺の目の前で、作ってみせてくれ」

テーブルの上には水を入れた容器が、深いものと浅いもの、二つずつ。台所から調達してきたらしい、まな板が二枚。

揃《そろ》えられたものをみて、アンは眉《まゆ》をひそめながら椅子に座った。

「色をつける必要はない。作る形も、二人に任せる」

「その前に、訊《き》いていい？」

アンはヒューの顔を真正面から見つめた。

「なんだ」

「あなた、何者？　この道具のそろえかた、砂糖菓子を作る工程を知っていなきゃ、できないでしょう。あなたも、もしかして砂糖菓子職人？　砂糖菓子品評会に参加するの？」

にやりと、ヒューは口もとを歪《ゆが》めた。

「宿代払《はら》って欲しいなら、黙《だま》って作れよ。アン」

「……ま、いいわ。宿代払ってくれるなら」

テーブルに置かれていた水を、銀砂糖を入れた石の器に注いだ。

ジョナスも、同様に始めた。

銀砂糖に冷水を加え、練る。すると銀砂糖は軟《やわ》らかい粘土《ねんど》のようになる。

普通《ふつう》はそれに色粉を混ぜて、様々な色を作る。それらを組み合わせて、色とりどりの華《はな》やかな砂糖菓子を作るのが普通だ。しかし今回は、色はつくらない。

粘土のようになったものを、まな板に移し練る。

形を作る道具類が準備されていないので、指先のみで作るしかない。

銀砂糖は熱に溶《と》けやすい。扱《あつか》う時は手を水で冷やしながら、手早く。

テーブルに用意された冷水で、指を冷やす。

砂糖菓子職人の手の動きは、手品師の手つきに似ているといわれる。優《やさ》しくなめらかに動く。

――なにを作ろうか。

アンは銀砂糖を練りながら、思いを巡《めぐ》らした。

――ママだったら、なにを作るかな。

エマならばおそらく、白い色を生かして、白いものを作る。

エマは植物が好きだったから、白い花を作ろう。

そう決めて、エマがしばしば作っていた花の形を心に思い浮かべる。

花びらの形を指先からひねり出し、いくつも作る。それらを重ねて、花を作っていく。

ジョナスは、掌《てのひら》に載《の》る猫《ねこ》をつくっていた。優雅《ゆうが》な長い尻尾《しっぽ》で曲線美をつくり、技術を見せつけようとしているようだった。

ヒューは、真剣《しんけん》な表情で二人の指先を見つめていた。

キャシーが、ジョナスの指先で作られるものを見て、呟《つぶや》いている。

「ジョナス様の作るものって、本当に、すてき……」

時間は、たいしてかからなかった。

二人が手を止め、顔をあげたのは同時だった。

「できたか？　二人とも」

ヒューが訊くと、ジョナスは自信たっぷりに頷《うなず》き、まな板の上を指さした。

「できたよ」

「わたしもできた」

アンも、作ったものをまな板の上に置いた。

二人の作品が載ったまな板を、ヒューは自分の前に引き寄せた。

交互《こうご》にしばらく見ていたが、ふふふと軽く笑った。

「二人とも、かなり腕がいい。駆《か》け出しの職人、って感じじゃあないな」

アンとジョナス、二人は顔を見合わせて微笑《ほほえ》んだ。

しかし。次の瞬間《しゅんかん》。ヒューは左右の掌で、二つの作品を同時に叩《たた》き潰《つぶ》していた。

「あっ！」

「なにするんだ！」

アンとジョナスが声をあげた。

ヒューは厳しい表情で、二人を見すえる。

「見苦しいから壊《こわ》した。ジョナス。おまえ、器用だな。だけどな、それだけだ。小器用なだけで、その技術を見せびらかしたいだけで終わって、なんの工夫《くふう》もない。アンはジョナスよりは、ましだったな。でもあれは、なんだ？　まるで誰《だれ》かの作ったものを、そっくり真似《まね》して作ったみたいだな。猿《さる》まねだ。綺麗《きれい》なだけで、なんの魅力《みりょく》もない。そんなもの食わされても、幸運もこなけりゃ、妖精《ようせい》の寿命《じゅみょう》も延びないだろうよ。こんなんじゃあ二人とも、銀砂糖師になるなんて、夢のまた夢だな」

抗議《こうぎ》しようとしていた二人とも、声が出なくなった。

アンはどこか、図星を指されたような気がした。自分でも意識せずに感じている、自分の砂糖菓子に対する、引け目のようなものを的確に言い当てられた。

ジョナスも同様なのだろう。表情が強《こわ》ばっている。

「ま、この砂糖菓子のかけらは、もらっとく。明日の、俺のおやつだ」

ヒューは手近な器《うつわ》に、ばらばらになった砂糖菓子を入れると、立ちあがった。

「さぁて、寝《ね》るかな。明日は朝早いし。来い、サリム。じゃあな、アン。ジョナス。いい暇《ひま》つぶしができて、面白《おもしろ》かったぜ」

サリムを伴《ともな》い、ヒューは部屋を出ていった。

医者は、啞然《あぜん》としていた。

動けないジョナスに、キャシーが駆け寄ってきた。そして金切り声で叫《さけ》ぶ。

「なにがしたかったのよ、あの男は!?」

さらにテーブルに飛びあがると、ジョナスの手を撫《な》でる。

「ジョナス様。お気になさることありません。あんなおかしな、得体の知れない男の言うことなんか、真に受けちゃだめですよ」

「そう、かな?」

ジョナスは苦笑《くしょう》して、アンをちらりと見た。

「ごめん、アン。僕、……部屋に帰るよ」

アンは、ぱっと顔をあげた。

「わたしも……帰るから！」

叫ぶなり、アンは自分の部屋に向かって駆けだした。

悔《くや》しくて。そして自分が、無性《むしょう》に恥《は》ずかしかった。


「おまえ、シャル・フェン・シャル！　部屋に帰る気かよ!?」

アンが駆け去ったのを見送ると、シャルは溜息《ためいき》をついた。そして自分も部屋に帰るために、ゆっくりと歩き出そうとした。その背中に、ミスリルが仰天《ぎょうてん》したように声をかけてきた。

ふり返り、応《こた》えた。

「帰る」

「やめとけって」

「帰ってなにが悪い」

「あんなこと言われて、アンはめちゃくちゃ傷ついて、泣いてるかもしれないぞ？　へたしたら、暴れてるかも!?　そんなところにのこのこ顔見せたら、嫌《きら》われるぞ」

「別に、かまわない」

「お、俺はいやだ。俺は今夜、この食堂で寝るぞ」

「好きにしろ」

部屋に帰りながら、シャルは、ヒューの評価は正しいと感じていた。アンのつくったものを見て、シャルも同じように感じたからだ。そしておそらく、アン自身も。だから傷ついたのだろう。

扉《とびら》を開けると、部屋の中は真っ暗だった。

アンはベッドにもぐりこんで、毛布を頭から被《かぶ》って丸まっていた。

シャルはアンのとなりのベッドに腰《こし》を下ろすと、丸まっている毛布をみつめた。

まるで、蓑虫《みのむし》。

──リズ。

その様子を見つめていると、ふと、思い出す。

──リズも、小さな頃《ころ》……。すねて泣いて、よく毛布にくるまって丸まっていた。あれは、いくつの時だった？　九つか、十《とお》か。それを過ぎると、そんなことしなくなった。

改めて、目の前の蓑虫を見る。

──こいつは、十五歳⁉

アンは十五歳になっても、まだこんな幼さを残している。それが残っているのは、彼女の今までの十五年が、母親に守られて幸せだったからだろう。

そう思うと、暖かい灯火《ともしび》の残りを、見つけたような気分になる。

大人だ成人だと喚《わめ》いているアンが、十歳前後の子供と同じようなことをしている姿は、なんだか微笑ましい。くすくす、笑いだしてしまった。

途端《とたん》にアンが、身を起こした。

「なにがおかしいの⁉　人が落ちこんでるのが、そんなに面白い⁉」

その目は真っ赤で、涙《なみだ》がぎりぎりまで瞳《ひとみ》の表面に盛りあがっていた。窓から射しこんでくる月光に、きらきら光る。涙を流すまいと、頑張《がんば》っているらしい。

涙を我慢《がまん》して、唇《くちびる》を噛《か》んでうるうるしている顔が、またさらに子供っぽい。

まずいと思ったが、ぷっと吹《ふ》きだしていた。慌《あわ》てて、片手で口を押さえた。

「なによ！　人の顔見て、笑うわけ⁉　どうせ、わたしみたいなかかしは、みっともないだけよ。わたしが悲しみにくれて泣いていたって、その顔が面白いって。シャルみたいな綺麗な顔した人たちに、一生、あざ笑われるんだわ！」

アンは叫んで、がばっと、顔を枕《まくら》に押しつけた。

傷ついて大混乱しているらしいアンには申し訳なかったが、シャルの気分は、なぜかとても穏《おだ》やかだった。

忘れていたなにかを、思い出せそうだった。

シャルは立ちあがると、アンが突《つ》っ伏《ぷ》しているベッドに腰かけた。

——そうだった。初めて会った頃のリズは、こんな髪《かみ》の色だった。忘れていた。

無意識に、シーツの上に広がったアンの髪を一房《ひとふさ》、手に取っていた。

「一生、笑われることはない。人間は、俺たちと違《ちが》う。人間は、常に変わっていく……。おまえは、あと三年も経《た》てば、驚《おどろ》くほど綺麗になってるはずだ。この髪も、色の薄《うす》い、綺麗な金髪《きんぱつ》に変わる。そのころには、誰もおまえをかかし呼ばわりしないはずだ。砂糖菓子《がし》を作る腕前《うでまえ》も、変わっているはずだ。ヒューが言ったことは真実だが、気にする必要はない」

アンは疑《うたぐ》るように、枕から顔を、半分だけそろりと見せた。

「砂糖菓子作りは、もっと腕を磨《みが》くわ。絶対、上達してみせる。努力でなんとかなるものなら、なんとかする。けど、わたしが美人になるとか、見えすいた嘘《うそ》の慰《なぐさ》めなんか、いらないわ」

「嘘じゃない。知ってる」

シャルは掌に載《の》せた髪の房に、視線を落とした。

「俺が生まれたとき。最初に目にしたのは、人間の子供だった。五歳の女の子だ。こんな髪の色をしていた。俺はその女の子の視線があったから、生まれたらしかった」

遠い昔の思い出。なぜか、口に出してみたくなった。それによって、なくしたものが甦《よみがえ》るかもしれないというような、淡《あわ》い希望のようなものがどこかにあった。

シャルが語り始めたことに、アンは驚いたような顔をしていた。

「女の子はエリザベス……リズという名だった。貴族の娘《むすめ》で、特殊《とくしゅ》な事情があって、世間から離《はな》れて暮らしていた。幼かったし、世間知らずだった。リズは妖精を知らなかった。だから俺のことを、自分の兄だと、勘違《かんちが》いしたらしい。自分の屋敷《やしき》に俺を連れ帰って、俺を匿《かくま》った」

アンは枕から顔をあげると、ベッドの上に座りなおした。

シャルの手にあった髪の房が、その手を離れた。

からになった掌を、シャルは軽く握《にぎ》った。握った拳《こぶし》を見つめる。

「それから、ずっと一緒《いっしょ》にいた。十五年経ったら、リズの髪は金髪になって、そばかすも消えて。綺麗な娘になっていた。だからわかる。おまえも、リズのように変わっていく」

「それで？」

問われて、シャルは顔をあげた。

「それで、リズは。ずっとシャルと一緒にいたの？　今はどうしていないの？」

目を伏《ふ》せた。

問われると、まだ、胸が痛む。もう百年も前のことなのに。

「死んだ……殺された。殺したのは、人間だ」

その言葉に、アンはうつむいた。

しばらくすると、シャルの拳にアンの手がそっと触《ふ》れた。

「ごめん……」

アンが何に対して謝ったのかは、わからなかった。

哀《かな》しい思い出を、シャルに語らせてしまったことへの謝罪か。

それとも、同じ人間として、リズを殺してしまったという事実への謝罪か。

ただ、彼女の心の温かさだけはわかった。

シャルは軽く頭をふると、立ちあがった。拳から、アンの手がするりと離れた。

余計なお喋《しゃべ》りをしてしまった。

「もう寝《ね》ろ。かかし」

背中越《ご》しに、静かに言った。思い出は、思い出だった。甦ることはない。


翌朝アンが目覚めると、ヒューはすでに出発していた。夜明け前に出ていったらしい。しかし宿代は、ちゃんと彼が支払《しはら》ってくれていた。

いったいヒューは、どんな素性《すじょう》の人間なのか。

しかしその疑問を、あまり深く考えることもしなかった。

さらにヒューに言われた言葉の衝撃《しょうげき》も、ほとんど残っていなかった。

それよりも。シャルが口にした彼の過去の断片《だんぺん》が、アンの胸には深く響《ひび》いていた。

医者宿を出発し、その後三日間は、野獣《やじゅう》にも盗賊《とうぞく》にも襲《おそ》われることなく過ぎた。

その間、となりに座るシャルの顔ばかり、ちらちら見ていた。

シャルは、人間と友達にはなれないと言った。

けれどシャルは生まれたときは、人間の女の子と心を通わせていたのだ。

十五年も、一緒にいたと言った。アンが母親と過ごしたのと、同じだけの長い時間だ。

シャルにとって、その女の子リズは、家族と同様だったかもしれない。それを、人間の手によって奪《うば》われた。目を伏せたシャルの寂《さみ》しげな表情に、胸が苦しくなった。

もともと人間と心を通わせていたシャルの心を凍《こお》らせてしまったのは、人間なのだ。

——シャルの心を溶《と》かす、魔法《まほう》があればいいのに。

馬車を走らせながら、そんなことばかり考え、そして常にシャルの横顔を気にしていた。

ブラディ街道《かいどう》を走り始めて、七日目。夕日が沈《しず》む前に、宿砦《しゅくさい》に到着《とうちゃく》できた。

道程は、三分の二消化した。

鉄の扉をおろして、三分の二の道のりが過ぎたことにほっとした。

あと三日走れば、ブラディ街道を抜《ぬ》けられる。

宿砦にはいると、早々に夕食をすませた。

アンは粗末《そまつ》なスープと林檎《りんご》。ジョナスの夕食は、変わらず贅沢《ぜいたく》だった。

道々ジョナスは、食べ物をアンに分けてくれようとした。だがアンは、それらをすべて断った。旅で、贅沢に慣れてしまうのは危険だ。何があるかわからない旅だから、食料はなるべくとっておいて、そして質素な食事に慣れることが肝心《かんじん》だ。

ジョナスはキャシーを連れて、すぐに荷台の中に引きあげた。

ミスリルは「恩返しさせろ」と、さすがに喚かなくなっていた。しかし当たり前のような顔をして、昼間は御者台《ぎょしゃだい》に座る。夜は荷台の屋根の上に草を集めた寝床《ねどこ》を作り、そこにもぐりこむ。今夜も彼はせっせと寝床を作り横になると、早々と寝息を立てている。

ミスリルが満足するような恩返しを、アンはまだ思いつかない。思いつかない限り、彼はずっとひっついてくるだろう。ミスリルのキンキン声には、もう慣れた。慣れてみると、ミスリルの尊大さも可愛《かわい》くなってきたから不思議だった。

アンはシャルとともに火を囲んで座り、眠《ねむ》る準備をしていた。

シャルは林檎を掌《てのひら》に載せて、食べていた。彼の掌に載る林檎は、少しずつ表面に皺《しわ》が寄る。しぼみ、最後にはくしゃりとつぶれて、掌の上にわだかまり、溶ける。

それが妖精《ようせい》の食事だ。何度見ても、不思議な感じがする。

「なんか今夜は冷えるね。秋も終わりに近づくと、さすがに寒い。シャル、寒くない？」

「俺たちは人間のように、寒さを感じない」

「へぇ、便利ね」

答えた途端に、くしゃみが出た。やはり冷える。

シャルが、ジョナスの眠る荷台をちらりと見て訊《き》いた。

「おまえは、荷台の中で寝ないのか。あの男みたいに、暖かい場所で眠ればいい」

アンは毛布を御者台の下から引っ張り出して運びながら、首をふった。

「ジョナスの荷台はなんのためにあるのか知らないけど、わたしの荷台は砂糖菓子を作るための作業場よ。神聖な場所なの。そんな場所に、眠れないわ。わたしもママも、荷台の中で眠ったことなんか一度もないの。冬は、わざわざ宿に泊《と》まってた。ママの口癖《くちぐせ》はね、『砂糖菓子は聖なる食べ物。それをつくる場所も人も、汚《けが》れちゃならない』って」

炎《ほのお》を見つめながら、シャルが応《こた》えて言った。

「いい職人だったらしい。おまえの母親は」

言われると、エマの顔を思い出した。とてつもなく、寂《さび》しい気持ちになった。

「うん。とってもね」
その夜は、なかなか寝つけなかった。
――寂しいな。
心の中に、あぶくのようなそんな気持ちが、ゆっくりと幾度《いくど》も浮《う》かんでくる。
――シャルも、こんな気持ちなの？
何度か寝返りを打ち、横になっているシャルの方へ視線を向ける。
五、六歩の距離《きより》を置いて、シャルは横になっている。その距離をもっと、縮めたい。
――寝てる？　それとも目を閉じて、何か考えてる？　話がしたい。
手を伸《の》ばし、草の上に広がる彼の羽に触れたい衝動《しょうどう》に駆《か》られた。
身を起こして、手を伸ばしかける。しかしためらいが強く、その手は止まる。
――寝込みに羽に触《さわ》ったりしたら、なに言われるかわかったものじゃない。
残った一枚の大切な羽を人間に触られるなど、シャルは激怒《げきど》しそうだ。
――シャルの心を溶かす魔法……。
そのときふと、砂糖菓子のことを思い出した。
作ってあげると約束しておきながら、ミスリルの出現で、すっかり忘れていた。
寝られそうもないので、アンは起きあがった。
――約束の砂糖菓子を作ろう。
甘い砂糖菓子が、少しでも、シャルの心を温かくしてくれればいい。

荷台後方の扉《とびら》を開け、中にはいる。

満月から少しだけ欠けた月の光が、窓から射《さ》しこんでくる。それを頼《たよ》りに、アンは石の冷たい作業台にそっと手を滑《すべ》らせ、秤《はかり》を触り、整然と並べられた木べらを撫《な》でる。

ここにエマがいた。エマの手が触れたものたちが、沈黙《ちんもく》している。

静寂《せいじゃく》と一緒に耳からなにかが入りこみ、心を乱しそうだった。

頭をふり、銀砂糖が入っている樽《たる》に向かう。

「ヒューに砂糖菓子《がし》を作ってあげちゃったけど、銀砂糖の残りは充分《じゅうぶん》なはずよね。シャルにも、二、三個、作ってあげられるかな」

呟《つぶや》きながら、樽の蓋《ふた》を開ける。

「あれ？」

蓋を開けた樽の中には、確か、半分以上銀砂糖が残っていたと思っていた。

しかし樽の中は、からだった。からの樽と間違《まちが》えたのだろうか。

そう思って、からと思いこんでいた樽の蓋を開ける。すると、その樽もからっぽだった。

「なん、で」

アンは呆然《ぼうぜん》とした。鼓動《こどう》が速くなる。

次々と残りの樽を開ける。残りの三つには、ちゃんと銀砂糖が詰《つ》まっていた。

五つの樽のうち、二つが、からだ。

砂糖菓子品評会の作品をつくる材料だけが、そっくり、なくなっている。

五章　砂糖林檎は裏切りの木

からの樽の縁《ふち》に手をかけて、アンはその場に膝《ひざ》をついた。

「うそ。どうして、ないの？　医者宿で使った時には、樽の半分以上あったのに……確かめたのに。荷台に、鍵《かぎ》もかけてたのに」

これではルイストンに到着しても、砂糖菓子品評会に参加できない。

作品を作れば、規定量の樽三つの銀砂糖が目減りして、失格になる。

けれど樽三つの銀砂糖を確保しようとすると、作品を作る材料がない。

「……どうして……。どうしてよ!!　誰《だれ》も、荷台に入ってないのに！　どうして!!」

アンは叫《さけ》んだ。

「なにを騒《さわ》いでる」

開いたままになっていた荷台扉の外から、シャルの声がした。

アンは立ちあがった。足に力が入らず、ふわふわした。落ち葉の降り積もった道を踏《ふ》んでいるようだった。馬車のステップを降りた途端《とたん》に、よろけて、シャルにしがみついた。

「なにがあった」

「銀砂糖が。……なくなってる」

「なくなった？」

「……三樽は、残ってる。でも、品評会に出るには、樽三つ分の銀砂糖と、作品が必要なのよ。作品をつくる分の銀砂糖が、ない……」

シャルは眉《まゆ》をひそめた。

「医者宿では、あったのか？」

「あの時には、あった。確かめた。あの時扉に、鍵もかけた。誰も出入りできないはずなのに」

なのに。銀砂糖がなくなっている。

シャルの袖《そで》を握《にぎ》りしめていた指が、わずかに震《ふる》えていた。視界がにじむ。

なぜ銀砂糖がなくなっているのか、わからない。

「アン？　なにかあったの？」

声を聞きつけたらしく、ジョナスが、キャシーをともなって荷台から出てきた。そしてシャルにしがみつくアンを見ると、訝《いぶか》しげに首を傾《かし》げた。

声を出すと、涙《なみだ》がこぼれそうだった。

ジョナスの質問に答えられないアンにかわって、シャルが言った。

「銀砂糖が、なくなってるらしい」

「え？　だって、銀砂糖は、荷台に入れてただろう？　鍵もかけていたし、誰も出入りできないじゃないか」

「……いえ。出入りできます」

思い詰めたような声で言ったのは、キャシーだった。

その言葉にふくむところを感じて、みんなの視線が、彼女に注がれた。

「どういう意味だ、キャシー」

ジョナスの問いに、キャシーはうつむいた。

「同族を裏切るようなこと、言いたくないんですけれど……。わたし、見たんです。医者宿に泊まっていた夜に、自分の部屋の窓から。アン様の馬車の荷台は、高い位置に窓があるでしょう？　あそこから、ミスリル・リッド・ポッドが出てくるのを、見たんです。月明かりに、体じゅうが、きらきら光って見えました。銀砂糖まみれの姿でした」

──ミスリルが……？

「なんだなんだ、うるさいなぁ。そろって集まって。なんの相談だよ」

寝《ね》ぼけ眼《まなこ》をこすりながら、荷台の屋根の上から、ミスリルが顔を出した。

──まさか。でも鍵をかけた荷台には、小さな妖精《ようせい》くらいしか、出入りできない。しかもあの夜。確かにミスリルは一人だけ、食堂で寝ていた。

ミスリルの顔を、見つめる。彼はそんなことをしていないと、信じたかった。

「ミスリル。降りてこい」

厳しい声で、ジョナスが命じた。

「なんだよ。俺はおまえに使役《しえき》されてるんじゃないぞ。偉《えら》そうにするな。しかも名前を、略すな。俺はミスリル・リッド・ポッド……」

「降りてくるんだ!!」

ジョナスの気迫《きはく》とその場の雰囲気《ふんいき》に、ミスリルは途端に、怯《おび》えた表情をした。屋根の上から降りてくると、おずおずとアンを見あげる。

「な、なんだよ」

「おまえは、銀砂糖が好きか?」

ジョナスの問いに、ミスリルは頷《うなず》く。

「好きだよ。銀砂糖を嫌《きら》いな妖精なんか、いるもんか。なんだよ。それが、どうしたよ」

「医者宿に泊《と》まった夜、おまえ一人だけ、食堂で眠《ねむ》ったな? なにか魂胆《こんたん》があって、そうしたんじゃないのか」

「え?」

「アンが品評会のために準備していた銀砂糖が、一部、なくなってる。医者宿に泊まった夜、おまえが銀砂糖まみれの姿でアンの馬車の荷台から出てくるのを、キャシーが見ている」

そう聞かされて、ミスリルは目をぱちくりさせ、ぽかんと口を開けた。しかしすぐにかっとしたように、キャシーに向かって喚《わめ》いた。

「な、なんだよ!! 何を言うんだよ、おまえ。同じ妖精のくせに。俺がそんなことしたって、言ったのか!?」

キャシーはジョナスの背に隠《かく》れるようにして、細い声で言った。

「だって、見たんですもの」

「嘘《うそ》つけ！」

怒鳴《どな》ると、ミスリルはアンに視線を戻《もど》した。怯えたような目で、アンを見る。

「アン。銀砂糖を盗《ぬす》んだのは、俺じゃない。キャシーが嘘つきなんだ」

「キャシーが嘘をついて、なんの得があるんだ」

責めるジョナスの言葉を封《ふう》じようとするかのように、ミスリルは叫んだ。

「人間め、黙《だま》れ!!」

そしてさらに、アンに訴《うった》える。

「アン。まさかおまえまで、俺を疑ってないよな。俺じゃない。誓《ちか》って、俺じゃないよ」

ミスリルがおどおどと、言葉を紡《つむ》ぐ。

その言葉を信じたかった。でも、疑いをはらす証拠《しょうこ》もない。

──もしかして。……いいえ、違《ちが》う。そんなはずない。……でも……。

疑いが、アンの心の中で渦《うず》を巻く。信じたいと思いながらも、一方で、もしかして、と。

その気持ちが、アンの顔に表れていたのだろう。

アンの顔を見ていたミスリルの瞳《ひとみ》に、みるみる涙が盛りあがる。

「俺を、疑ってるんだな。アン。信じてくれないんだな……アン」

「……信じたいの」

「でも、信じてないじゃん!!　アンはほんの少し、俺を疑ってる」

ミスリルの目から、涙があふれた。

「わかったよ、アンがそんな目で俺を見るなら、もう、アンの目の前から消えてやる！」

そう叫ぶと、ミスリルはおもいきり跳躍《ちょうやく》した。そして荷台を飛び越《こ》えるようにして、馬車の向こう側に姿を消した。

「ミスリル、待っ……」

呼び止めようとしたが、途中《とちゅう》で声は途切《とぎ》れる。ミスリルを信じきることが出来ない自分が、彼を呼び戻してどうしようというのだ。不信をぬぐえない表情のまま「信じてる」と言っても、彼を傷つけるだけだ。

力が抜《ぬ》けた。アンは握っていたシャルの袖から手を離《はな》すと、荷台のステップにすとんと座りこんでしまった。両手で顔を覆《おお》う。

「もう、これで……。今年の砂糖菓子《がし》品評会には、参加できない……」

シャルは黙って、ミスリルが消えた方向を見ていた。

ジョナスは、考え深げに顎《あご》に手をやっていた。そしてしばらくすると、ぽんと手を打った。

「そうだ!! ねぇ、アン。諦《あきら》めることないさ！　作品を一個つくるだけでいいなら、その分の銀砂糖を、これから作ればいいじゃないか」

「無茶《むちゃ》よ。そもそも原料の砂糖林檎《りんご》がない」

「砂糖林檎は、あるよ！　ラドクリフ工房《こうぼう》派の会合で、聞いたことがあるんだ。ブラディ街道《かいどう》沿いに、砂糖林檎の林があるって。護衛を雇《やと》って砂糖林檎を獲《と》りに来ると採算が合わないから、誰も穫りに来ないらしいけど。今は秋だから、ちょうど実がなってるよ」

砂糖林檎の木は、不思議な木だ。

人間の手で栽培《さいばい》しようとしても、どうしても実をつけない。

自然の中で育った砂糖林檎の木だけが、実をつける。

だから砂糖菓子職人は、砂糖林檎の林がどこにあるのか、その実を自分がどうやって確保するかに必死だ。

ラドクリフ工房派の会合で話題になったのなら、砂糖林檎の林がある可能性は高い。

しかし。

「砂糖林檎があっても、それを精製するのに三日はかかる。ブラディ街道でそんなに時間をとられていたら、ルイストンに到着《とうちゃく》して、作品をつくる時間がないわ」

「だったら銀砂糖を精製する三日間に、今残っている銀砂糖を使って、作品を作ればいいんじゃない？　銀砂糖の精製と作品作りを、同時にするんだ。それで作品ができて、使った分の銀砂糖を補充《ほじゅう》できる量の銀砂糖が精製できれば、あとはルイストンへ向かって走り続ければいい」

「そんなこと……」

できっこないと言おうとした。が、ようやくアンの思考はまともに動き始める。

あながち不可能ではないかもしれない。

顔をあげ、ジョナスを見る。勇気づけるように、彼は頷いた。

「できるよ。元気を出して、アン。僕も砂糖菓子職人の端《はし》くれだからね、協力できる」

ジョナスが力強く、アンの肩《かた》に手を置く。その優《やさ》しさと、この窮地《きゅうち》に頼《たよ》りになる情報をもたらしてくれたことに、感謝の気持ちがあふれる。

「ありがとう。ジョナス」

やっとわずかに微笑《ほほえ》むことができた。そしてシャルを見あげる。

「ごめん。シャル。なんか動転して。シャル、せっかく寝てたのに。起こしちゃったね」

「かまわない」

シャルは言うと、素っ気なくアンに背を向け、火のそばに帰った。

アンはジョナスと一緒《いっしょ》に、御者台《ぎょしゃだい》の上で地図を広げた。

「確かここだ。この場所に、砂糖林檎の林はあるはずだよ。宿砦《しゅくさい》の近くだ。この場所なら、銀砂糖を精製して、すぐにルイストンへ到着できるね」

地図の一点を指さして、ジョナスが言う。

その場所は、ルイストンから馬車で半日の距離《きょり》。幸いなことに、宿砦の近く。

本当ならば砂糖林檎を収穫《しゅうかく》し、ブラディ街道を抜けた後に、銀砂糖に精製したい。それが安全だ。

しかし砂糖林檎は、収穫直後に精製しなくては、独特の苦みが抜けなくなる。半日も荷台に揺《ゆ》られた砂糖林檎は、銀砂糖にならない。

ということは、近場の宿砦にとどまり、そこで必要な量の銀砂糖を精製するしかない。

砂糖林檎の林のまでは、ここから馬車で三日。

そして砂糖林檎を見つけて収穫するのに、一日。

近場の宿砦で精製するのに、三日。

宿砦からルイストンまでの距離は、半日。

砂糖菓子品評会は、八日後。品評会当日に、駆《か》けこめる計算だ。

ぎりぎりだ。

だが、やれないことはない。アンは決意をこめて、地図を見つめた。

「がんばろうね、アン」

ジョナスは最後にひと言そう励《はげ》ますと、キャシーを連れ、自分の馬車に引きあげた。

アンは火のそばに帰った。

そのころには、気持ちもかなり落ち着いていた。

シャルの隣《となり》に腰《こし》をおろし、ジョナスと打ち合わせしたことを淡々《たんたん》と説明した。

説明が終わるとアンは膝《ひざ》を抱《かか》えて、膝頭《ひざがしら》に顎《の》を載せた。

沈黙《ちんもく》が落ちた後、ふと周囲を見回す。ミスリルの姿が見えない。

「ねぇ、ミスリルは？」

シャルは、消えかけた火に小枝を投げこみ、答えた。

「消えた」

「どこかへ……行っちゃったの……？」

アンはうつむいて、末枯《うらが》れた草の葉をちぎり、火の中に投げこんだ。

草葉はちりっと、一瞬《いっしゅん》で灰になる。

たとえミスリルが銀砂糖を盗んだ犯人だったとしても、彼が違うと言えば、信じてあげることが本当の信頼《しんらい》ではないだろうか。彼の言葉を、一点の曇《くも》りもなく信じ抜いてあげることが出来なかった自分が、とても度量の小さな人間に思えた。

ミスリルのことを可愛《かわい》いと思い始めていた矢先だったから、よけいに情けない気持ちになる。

「本当に、あいつか？」

シャルがぽつりと言ったので、アンは顔をあげた。

「なにが？」

「本当に、ミスリルが盗《ぬす》んだのか？」

軽く眉《まゆ》をひそめ、疑わしげに呟《つぶや》く。

状況《じょうきょう》から考えると、ミスリル以外にはありえない。

だが、確かに。あれほど熱心に、恩返しをしたいとくっついてきた彼が、なぜそんなうかつな真似《まね》をしたのだろうか。銀砂糖の甘い誘惑《ゆうわく》に、負けてしまったのだろうか。

それとも、別の誰《だれ》かだろうか。

しかしキャシーが嘘《うそ》をついているとも、考えたくなかった。

「わからない……。本当は誰が、銀砂糖を盗んだかなんて……。そんなことよりも今は、銀砂糖の確保よ。意地でもわたしは、今年の砂糖菓子品評会に出るんだから。……ごめんね。シャルに作ってあげるって約束した砂糖菓子、作るの忘れてた。思い出して、今、作ろうとしてたんだけど……。これでしばらくお預けになっちゃった。でも羽を返すのと一緒に、砂糖菓子をプレゼントするから。約束する」

言うと寝床《ねどこ》にもぐりこんだアンは、毛布を被《かぶ》った。シャルは静かに座っていた。

——間に合うかな？　どうか、間に合わせて。お願い、ママ。


シャル・フェン・シャルは、炎《ほのお》を見つめていた。

解《げ》せなかった。なぜ、銀砂糖がなくなってしまったのか。

状況から考えれば、ミスリルが食べてしまったというのが、一番可能性が高い。

だがシャルには、ミスリルの仕業《しわざ》とは思えなかった。

騒々《そうぞう》しくはた迷惑《めいわく》な奴《やつ》ではあるが、ミスリルは心から、アンに感謝している。アンの望みを知っているミスリルが、彼女を困らせるような、軽はずみなことをするはずはない。

——ミスリルでなければ……誰だ？


三日間。アンは前に進むことだけを考えて箱形馬車を走らせた。

昼間は、ろくに休憩《きゅうけい》を取ることもしなかった。

夜は危険で、馬車を走らせることができない。宿砦《しゅくさい》に逃《に》げこみ、じりじりした気持ちで朝を待った。

幸いにも、盗賊《とうぞく》にも野獣《やじゅう》にも襲撃《しゅうげき》されることはなく、三日目の昼を少し過ぎた頃《ころ》に、砂糖林《りん》檎《ご》の林に近いと思われる宿砦に到着した。

あと半日走れば、王都ルイストンだ。

最後の宿砦は小高い丘《おか》の上に建てられていた。そこから、はるか荒野《こうや》を見渡《みわた》せた。するとまばらな林のさらに向こう。蛇行《だこう》する大きな川の向こうに、王城の尖塔《せんとう》が小さく見えた。

ルイストンが目前であることを実感した。

しかしルイストンを目前にしながら、アンはここを離れられないのだった。拳《こぶし》を握《にぎ》る。

――砂糖林檎を、早く手に入れないと。

翌日。アンは日の出とともに、ジョナスと一緒に馬車を出した。

街道《かいどう》をはずれ、荒《あ》れ地の中に点在する林を一つ一つ確認《かくにん》して、砂糖林檎の林を探し歩いた。

そして太陽が中天にかかる頃。アンの目に、真っ赤な木の実の姿が飛びこんできた。

「……砂糖林檎」

嬉《うれ》しいというよりも、足の力が抜《ぬ》けるような安堵感《あんどかん》があった。

砂糖林檎の木は、背が低い。せいぜい、アンの頭の上までしか高さがない。

細い幹に、人の指ほどの小枝が無数に伸《の》びる、華奢《きゃしゃ》な姿。その細い枝の先に、鶏《にわとり》の卵ほどの大きさの、深紅《しんく》の木の実がなっている。林檎によく似た形。蠟《ろう》を塗《ぬ》ったように、艶《つや》やかで赤い。

予想外に早い砂糖林檎の発見に、アンの中でやる気がわいていた。

「間に合う。この砂糖林檎を精製しながら、作品をつくれば。余裕《よゆう》を持ってルイストンまで行ける！」

御者台から降りて、荷台から籠《かご》を引っ張り出した。

砂糖林檎を次々籠に放《ほう》り込んでいると、ジョナスも手伝ってくれた。

見る間に籠いっぱいになった砂糖林檎を荷台に移し、再び籠をいっぱいにする。五、六回もそれを繰《く》り返すと、荷台の床《ゆか》は足の踏《ふ》み場もないほど、赤い色彩《しきさい》で埋《う》めつくされた。

砂糖林檎の赤い色を見ると、元気が出る。エマも、よくそう言っていた。

三日間、街道を疾走《しっそう》した。

そのおかげでミスリルや自分に対するもやもやした感情は、背後に吹《ふ》き飛んでいた。

それよりも、前を見ること。希望があるなら、うだうだ悩《なや》まず突《つ》っ走るべきだ。

頑張《がんば》れば、間に合うのだ。

「さっそく作業開始よ！」

砂糖林檎を荷台に詰《つ》めこんで宿砦に帰ったアンは、腕《うで》まくりした。

荷台から巨大《きょだい》な鍋《なべ》や柄杓《ひしゃく》をおろしながら、御者台《ぎょしゃだい》の上に寝《ね》ころんで、長い足をぶらぶらと揺らしているシャルに向かって声をかける。

「品評会用の作品を作ったら、すぐに、シャルにあげる砂糖菓子《がし》も作るから。待っててね」

「食えるものを頼《たの》む」

憎《にく》らしい答えも、笑って流せた。

「言ったね。わたしの腕前、見せてあげる」

潑溂《はつらつ》とした声で答えて、アンは鼻歌交じりに、大鍋に砂糖林檎を放り込み始めた。

シャルは少しだけ体を起こして、楽しげなアンを見ていた。

砂糖林檎の木は、裏切りの木とも呼ばれる。

真っ赤でつやつやした、美味《おい》しそうな実をつけ、銀砂糖の原料になる。そうと知って齧《かじ》ってみると、灰汁《あく》が強くて、渋《しぶ》くて食べられない。期待を裏切る実をつける。

その裏切りの実も、砂糖菓子職人の手にかかれば、上等な甘さに変わる。

まず。大鍋に水を張り、銀砂糖を一握《ひとにぎ》り加える。そしてその鍋の中に、収穫したばかりの砂糖林檎を入れ、浸《ひた》した状態で一昼夜置く。すると砂糖林檎から苦みが抜ける。

いったん水を捨て、再び新しい水を入れて鍋を火にかける。

砂糖林檎が煮《に》くずれて、種や皮が浮《う》いてくるのを灰汁と一緒《いっしょ》にすくいあげ、煮詰《につ》める。

どろどろになったら、鍋から平たい石の皿に移す。均一にのばして、また一昼夜乾燥《かんそう》。

するとそれは色を変え、純白の固まりになる。最後に臼《うす》でひいて、粉にする。

そして。わずかに青みがかった、純白の銀砂糖ができあがる。

銀砂糖は、砂糖黍《さとうきび》から精製される、黄みがかった色の、もったりした味わいの砂糖とは違《ちが》う。

細かい砂のようなさらさらした手触《てざわ》りと、白さ。そして後口のよい、さわやかな甘みを持った、聖なる食べ物だ。

収穫《しゅうかく》した砂糖林檎を水に浸し終わると、アンはさっそく、品評会に提出するための作品作りに取りかかった。

作るべきなのは、祝祭に用いられる大きな作品だ。

荷台に入ると、作業台の下に置かれている紙の束を取り出す。大きさも形もまちまちの、黄ばんだ紙の束は、紐《ひも》でくくられている。それを解《ほど》き、作業台の上に広げた。

それらの紙には、砂糖菓子のデザインが描《えが》かれていた。粗末《そまつ》な羽根ペンで描《か》かれたもので、線は滲《にじ》んでいたり、ぎざぎざになっていたりする。色の説明や形状の説明が、乱雑な字で書き込まれている。

エマが、こつこつと描きためていたものだった。彼女は砂糖菓子を作るとき、まずこのデザイン画を広げ、この中から作るものを決めていた。

『ママが作った財産。誰にもあげられない。真似させちゃいけないものよ』

エマはこの紙束を指して、そう言っていた。

旅の道中。安い砂糖菓子が欲しいという客には、アンが作ったものを格安で分けていた。アンはエマが指示するデザインで、砂糖菓子を作った。

今は、「このデザインを使え」と指示してくれるエマはいない。

アンは、自分で選ばなくてはならなかった。

迷ったすえに、エマが好きだった、花のモチーフを選ぶ。花の色は、淡《あわ》いピンク。葉の色も淡い緑で、白と青の蝶《ちょう》がその花にとまっている。そんな可憐《かれん》なデザインだ。

その時、ふっと耳に、医者宿で出会ったヒューの言葉が甦《よみがえ》った。

猿《さる》まねだ、と。

——じゃあ、猿まねじゃなくなるために、なにをどう作ればいいの？　わからない……。

考えながらも、黄ばんだ紙を作業台の上に置き、紅、緑、青と、色粉の瓶《びん》を取り出す。

桶《おけ》に入れてあった水で両手を冷やすと、石の器《うつわ》を手にして、銀砂糖が入っている樽《たる》に向かう。

樽から、銀砂糖をすくいあげようとした。

「アン。アン」

荷台の扉《とびら》がノックされ、開いた。ジョナスが顔を覗《のぞ》かせた。

「精製してる銀砂糖を入れる樽は、足りる？　僕の荷台に一つあったから、これ使えば？」

ジョナスは小ぶりな樽を一つ抱《かか》えて、荷台にあがってきた。アンは苦笑《くしょう》した。

「まだ水に浸してるのに。精製できるのなんかまだ先よ。それにからの樽なら、二つもあるし」

「ああ、そうか。まあ、せっかく持ってきたから。ここに置いておくよ」

作業台の下に樽を置くと、荷台がどかんと震《ふる》えた。アンは目を丸くした。

「それ、からっぽなんでしょう？　やたら重そうだけど。すごく重厚《じゅうこう》な作りなの？」

「父さんの作業場から持ってきたから、一級品だよ。銀砂糖が湿気《しけ》るのを防いでくれる」

「ありがとう。でも。なんでそんなもの、旅に持ってきたの？」

「なんとなく、使うかもしれないと思って。それより作るものは、決まったの？」

「うん。今水に浮かんでる砂糖林檎が銀砂糖になる前に、仕上げてみせるから」

「僕も期待してる」

ジョナスはそっとアンに近寄ると、彼女の頰《ほお》に手を当てた。

「な、なに⁉」

驚《おどろ》き飛び退《の》いたアンに、ジョナスが苦笑しながら、近づいてきた。

「頑張って。アン」

ジョナスの両手がアンの肩《かた》にかかり、彼の顔が息がかかるほどアンの鼻先に近づいた。

アンは思わず、持っていた石の器を顔の前にかざした。

「なになになに⁉　ジョナス⁉　ちょっと、なにこれ。やめようよ」

「無粋《ぶすい》なことしないで、アン」

石の器を片手で押さえ、残った片手でアンの腰《こし》を抱《だ》き寄せて、ジョナスは微笑《ほほえ》んだ。

「君が好きなんだ」

「わたし、そんなつもりないし」

「好きだよ」

唇《くちびる》が迫《せま》ってくる。

「や、やだっ！」

アンの平手が、ジョナスの頰を直撃《ちょくげき》した。

ジョナスははっと頰をおさえ、アンから手を離《はな》すと後ずさりした。

「どうして？　アン」

「わたし、ジョナスを好きってわけじゃない！」

「僕は、君が好きなんだよ」

「それはジョナスの気持ちでしょう!?　わたしには関係ない」

叫《さけ》んで、アンは、自分がジョナスに対して、まったく恋愛《れんあい》感情をもてないことに気がついた。

プロポーズの言葉や、優《やさ》しい言葉に、おろおろしたりときめいたりはする。

だが実際、引き寄せられキスされようとした瞬間《しゅんかん》には、怖《こわ》いという気持ちが吹きだした。

ジョナスは、その言葉が信じられないという表情をした。当然かもしれなかった。

彼は幼い頃《ころ》から村一番の人気者で、女の子たちは彼の恋人《こいびと》になりたくて、みんな躍起《やっき》になっていた。彼は女の子は当然、自分を好きなはずだと、そんなふうに思っているのかもしれない。

「そっか。君が僕を、好きになってくれてればいいと思ったけど」

傷ついたように、ジョナスはわずかに笑った。そこでアンも、冷静さを取り戻《もど》せた。

「……あ……。ごめん。わたし……なんか、殴《なぐ》った」

「いいよ。僕が強引《ごういん》だった。……そうだ！　作業しながら食事を作るのは、時間がもったいないだろう。後で、持ってきてあげる」

「うん。ありがとう」

ジョナスは微笑むと、出ていった。アンは大きくため息をついた。

殴られたあとに食事の心配をしてくれるなんて、やはりジョナスはいい人だと思う。

「ジョナスを大好きになってれば、こんなこと、してなかったんだろうなぁ」

呟《つぶや》いて作業に戻る。

銀砂糖を樽からすくっていると、ノックの音がして再び荷台の扉が開いた。

入ってきたのは、大きな籠《かご》を引きずるようにして持ってきたキャシーだった。

「ジョナス様から。お食事を届けるように言いつけられました。どこに置けばよろしい？」

「ありがとうキャシー。そこの作業台の下に置いて。後で食べる」

顔もあげずに銀砂糖を量っていると、キャシーがひょいと跳《は》ねて、作業台に乗る。

「一つ。忠告してさしあげます」

顔をあげると、キャシーはひどく冷たい表情をしていた。

「ジョナス様があなたに求婚《きゅうこん》したり、好きだと言っても、いい気にならないことですね」

「え？……いい気になった覚えは、ないんだけど……」

唐突《とうとつ》な言葉に、困惑《こんわく》する。

「ジョナス様が、本気であなたなんかに、恋するはずないじゃないですか」

そのとげとげしい言葉を聞いて、アンは首をひねった。以前、似たような表情を見たし、似たようなことを言われた気がするのだ。

どこでだったか……。確か、ノックスベリー村だ。はたと思い出す。

「キャシー。あなたもしかして、ジョナスのこと好きなの？」

途端《とたん》、キャシーが自分の赤毛に負けないほど、頬を赤くした。

「なんですって!?」

声も裏返っている。キャシーの態度は、ノックスベリー村の女の子たちにそっくりだ。ジョナスの家に間借りしていることに嫉妬《しっと》され、わけのわからない嫌味《いやみ》を、よく言われたものだ。

そうと気がつくと、微笑ましくなった。

「いいね。キャシーは好きな人が自分の羽を持ってるなら、幸せだよね。馬鹿《ばか》にしてる奴《やつ》や、嫌《きら》いな奴なんかに持たれているよりは、ずっといいね」

「そんな話をしてるんじゃないわよ！　わたしはあなたに、いい気になるなと……」

「妖精《ようせい》と人間の恋って、成就《じょうじゅ》すれば素敵《すてき》ね」

「あなたって、本当に馬鹿！　お話にならないわ！」

キャシーは肩をいからせて、ぷいと荷台から出ていった。

――キャシーに比べたら、シャルはお気の毒様ね。なんたって心の底から馬鹿にしてる、わたしに羽を握《にぎ》られてるんだから。

扉の隙間《すきま》から、火の傍《かたわ》らに座るシャルの背が見えた。

草の上にさらりと流れるシャルの羽は、炎《ほのお》の輝《かがや》きを映して、緋色《ひいろ》に輝く。

「妖精と人間の恋……」

ふと考える。シャルはかつて心を通わせた人間の少女リズと、もしかして恋仲だったのだろうか？　そう考えた途端に、ぎゅっと胸が痛んだ。

その痛みがなぜなのかわからず、アンは自分の感情を訝《いぶか》しく感じた。

「……なんだろう……」

シャルの思い出の中にいる、リズという少女。なぜか無性《むしよう》に、彼女が羨《うらや》ましかった。

――なんにしても。所詮《しよせん》わたしは、シャルの使役者《しえき》だもの。シャルが一緒《いつしよ》にいるのは、わたしが、彼の羽を握っているからだもの。だから約束通り、ルイストンに到着《とうちやく》したら、彼を解放してあげなくちゃ。

そう思うと、胸に冷たい風が吹《ふ》いた気がした。その風が、かすかに囁《ささや》いた。寂《さび》しいな、と。

アンはその囁きを聞かないように、風をふりきり作業に戻った。


銀砂糖に、冷水を加えて練る。銀砂糖は軟《やわ》らかい粘土《ねんど》のようになる。

それに色粉を混ぜて色を作る。それを幾度《いくど》も、色を替《か》えて繰《く》り返す。

色のついた銀砂糖を形作り、へらで削《けず》る。棒でのばして、くるりと丸める。

様々な技法で、さらさらの銀砂糖から砂糖菓子《がし》を作り続けた。

砂糖林檎《りんご》は水を替えて、煮詰《につ》める作業に入っていた。

アンは荷台の扉《とびら》を開けっ放しにして、時々荷台から飛び降りては、鍋《なべ》をかき混ぜて灰汁《あく》やごみをとった。そしてまた荷台に帰っては、作品を作る。

ジョナスはときどき、アンの荷台に顔を覗《のぞ》かせた。しかし声をかけることもなく、アンの作業の様子を確かめると、黙《だま》って行ってしまう。

アンも気まずかったから、あえて声などかけなかった。

ときおり狼《おおかみ》の遠吠《とおぼ》えが聞こえた。

だが、宿砦《しゅくさい》の中にいる安心感から、さほど気にならなかった。

砂糖林檎は煮え崩《くず》れ、平たい石の器《うつわ》に移された。それを均一にのばす。

この二日。アンは、ほとんど休みなく作業を続けていた。食事も鍋をかき回しながらだし、眠《ねむ》るのも、二、三時間横になっただけだった。

そのおかげで、作品はみるみる形になっていった。

エマが作っていたように、寸分違《すんぶんたが》わず、記憶《きおく》を辿《たど》りながら精緻《せいち》な細工を施《ほどこ》す。

グラデーションで変化する、花びらの色。蝶《ちょう》の羽に、透《す》かし彫《ぼ》りでつけられた幾何《きか》学模様。

柔らかな曲線を描《えが》く、葉の造形。一抱《ひとかか》えもある大きな砂糖菓子の作品だ。この大きさで、全体のバランスを図《はか》るのはむずかしい。しかしアンはそれも、見事にこなした。

作品に取りかかって三日目の朝。砂糖菓子は完成した。

いいできばえだ。作品としては、完璧《かんぺき》だという自負がある。

だが、アンは微妙《びみょう》な違和感《いわかん》をぬぐえないでいた。

エマの作っていたものと、寸分違わないはずなのに。エマが作ったもののように、一目見て、はっと心を引き寄せられるような磁力が、作品にない気がした。

猿《さる》まね。

幾度も、その言葉が頭をよぎる。

けれど技術は完璧だ。大丈夫《だいじょうぶ》だと、自分に言い聞かせる。

できあがった砂糖菓子が転げ落ちて壊《こわ》れないように、砂糖菓子の足もとに紐《ひも》をかけた。そして作業台に固定する。これで馬車が揺《ゆ》れても、転げ落ちて壊れることはない。

それを終えると、ほっとした。

連日の作業でふらふらになったアンは、よろけるように荷台を降りた。

「疲《つか》れた」

草の上に横になり、空を見あげていたシャルの脇《わき》に、アンはぺたりと座り込んだ。

「終わったのか？」

興味なさそうに、シャルが訊《き》く。

アンは頷《うなず》いて、そのまま草の上に伏《ふ》せた。

秋の枯《か》れた色になった草葉を間近に見ながら、日にちを数える。

「品評会まで、今日を入れて、あと二日あるね。今乾《かわ》かしている精製途中《とちゅう》の銀砂糖を、午後から臼《うす》でひいて。銀砂糖にして。それで明日出発すれば、品評会前日にルイストンに到着できる。作品と樽《たる》三つ分の銀砂糖も揃《そろ》えられる。よかった」

自然と、笑《え》みがこぼれた。風が吹き、さやさやと草葉が鳴る。

「不思議だった」

静かに、シャルが口を開いた。

「なにが？」

「妖精市場ではじめて、おまえに会ったとき。銀砂糖の甘い香《かお》りがした。それがどうしてなのか、不思議だった」

「そう？　ドレスに染《し》みついちゃってるのかな」

くんくんと鼻を鳴らして、袖口《そでぐち》をかぐ。シャルは首をふった。

「指だ。おまえの指は、甘い香りがする」

「匂《にお》わないよ」

「俺には、わかる」

「そっか……わたし、銀砂糖ばかり扱《あつか》ってるものね。これしか知らないから」

穏《おだ》やかな気持ちで、しばらくぼんやりとしていた。目の前の下草の上に、シャルの羽が流れている。陽《ひ》の光を反射して、薄緑色《うすみどりいろ》に輝いている。その輝きを見つめていた。

すると草を踏《ふ》む足音が、アンの頭の方から近づいてきた。

「アン。やったね。荷台の中を覗いて見たよ。すごく素晴《すば》らしい。あんな大きくて繊細《せんさい》な砂糖菓子、見たことない。王家勲章《くんしょう》間違《ま ちが》いなしだ」

ジョナスの優《やさ》しい声が、降ってきた。

アンは疲れ切っていたから、顔をあげることもなく、ただ礼を言った。

「ありがとう。ジョナスが、砂糖林檎のことを知っててくれたおかげよ」

「こっちこそ、ありがとうだよ」

ジョナスはわずかに笑って、アンの馬車の方へ歩いていった。

――なにが、ありがとうなんだろう。

アンは不思議に思い、顔をあげる。

するとジョナスが、自分の馬を、アンの箱形馬車に取りつけているのが目に入った。

「なにしてるの？　ジョナス」

「出発しようと思って」

シャルが眉《まゆ》をひそめ、身を起こす。

「気が早いよ、ジョナス。銀砂糖はまだ完成してない。出発は明日よ。それにその馬、わたしの馬じゃない」

「いいんだよ。僕の馬のほうが、速く走るから。これで」

「ジョナス？」

ジョナスは無表情で、自分の馬を取りつけ終わると、アンの馬車の御者台《ぎょしゃだい》に乗った。

彼の様子がおかしいと、ようやくアンは気がついた。

立ちあがり、彼に向かって歩き出す。

「ジョナス？　なんなの」

「君が僕を好きになって、結婚《けっこん》してくれれば。こんなことしなくてすんだのにな。でも、悪いのは君だ。僕は君に、三度目の告白もしてあげたのに。君が拒否《きょひ》したんだから」

その瞬間《しゅんかん》。

閉じられていた宿砦の鉄扉《てっぴ》が、勢いよく開いた。

飛びこんできたのは、キャシーだった。彼女は必死の形相だ。血の滴《したた》る肉の塊《かたまり》を持っている。

大きく何度も跳躍《ちょうやく》しながら、全速力でこちらに向かってくる。

キャシーの背後からは、複数の獣《けもの》の足音が聞こえた。

シャルが飛び起き、眦《まなじり》をつりあげる。

「なんのつもりだ！」

叫《さけ》ぶなり彼は右手を広げ、そこに剣《けん》を出現させる。彼の剣が出現するのと同時に、力強い息づかいが宿砦の中に飛びこんできた。狼の群れだった。三十頭はいる。

突如《とつじょ》出現した狼の群れに、アンは硬直《こうちょく》した。

キャシーはアンの目前に迫《せま》ると、悲鳴のような声で叫んだ。

「だから、いい気になるなと言ったのよ！」

そして手にした肉の塊を、アンの胸元《むなもと》めがけてぶつけた。

その瞬間、キャシーはさらに大きく跳躍した。そしてアンの馬車の荷台に飛び乗った。

狼の群れが肉の塊を追うように、一気にアンに向かって飛びかかった。

悲鳴すら出せないアンと、狼の間に、シャルが飛びこんだ。

剣の一ふりで、飛びかかってきた三頭を斬《き》り捨てる。

狼たちはぱっと散開すると、唸《うな》りながらアンを取り囲む。

「シャル。なに……、これ……」

「おびき寄せたんだ。あいつらが」

——あいつらって、ジョナスとキャシー？　なんで、彼らが……。

ジョナスが馬に鞭《むち》を入れた。その音で、停止していたアンの思考が動く。そして気がつく。

――ジョナスは、わたしの作った砂糖菓子《がし》を奪《うば》う気だ！

狼に囲まれていることも忘れた。思わず駆《か》けだす。

「ジョナス!!」

アンは走り出した馬車を追い、御者台に飛びつこうとした。

御者台の上で、ジョナスは胸のポケットから大きな瓶《びん》を取り出す。コルクの蓋《ふた》を指で撥《は》ねとばし、瓶の中身を彼女の頭に向かってぶちまけた。

生臭《なまぐさ》い、どろりとした赤黒い液体が浴びせられた。

アンはかまわず、しゃにむにジョナスの上衣《うわぎ》の裾《すそ》を摑《つか》む。

狼《おおかみ》が、アンに浴びせられた液体に反応した。シャルを囲んでいた狼が、再びアンに飛びかかろうとする。シャルは舌打ちして、アンに飛びかかる狼を斬る。

しかし狼は狂乱《きょうらん》したように、目を血走らせて何度もいどんでくる。

「待って!!」

「バイバイ。アン」

ジョナスの上衣の裾を摑んだ手をめがけて、鞭がふりおろされた。

バシリと熱い痛みが手の甲《こう》に食い込み、摑んでいた上衣の裾から手が離《はな》れた。

手が離れた勢いで、走る馬車にふりきられるように、草の上に転げた。転んだアンめがけて、狼たちがわっと飛びかかる。シャルが、割ってはいる。

襲《おそ》い来る狼を斬り伏せる背中に向かって、アンは叫んだ。

「シャル！　ジョナスを追って！　行って！　早く！」

「ここを離れたら、おまえは狼の餌《えさ》だ！」

「いいわよ。かまわない！　行って！　取り戻《もど》して！　砂糖菓子!!」

「断る」

シャルは血しぶきを浴びながら、片時も動きを止めることなく狼たちを斬る。

彼の動きにあわせて流れる羽に、狼が飛びかかろうとする。獣は、妖精《ようせい》の弱点を心得ている。

牙《きば》が羽にかかる寸前、シャルは身をよじってかわし、剣をふるった。

「取り戻して、取り戻して！　追ってよ!!　お願い、お願いよ、言うことをきいて！」

「ならば命じろ！　使役《しえき》者らしく!!」

羽を引き裂《さ》く。羽を潰《つぶ》す。そんなむごい言葉は、どうがんばってもアンの口から出ない。

「お願いよ、追って！」

アンは、声を張りあげるしかなかった。

「シャル！　追って、追って!!　お願い、追って!!　お願い!!　お願い!!」

アンの砂糖菓子を載《の》せた馬車は、走り去った。

斬りすてた狼の死体を足もとに見つめ、シャル・フェン・シャルは立ちつくす。

さすがに息があがっていた。羽に血しぶきが飛んでいる。

ぶるりと羽をふるい、血を払《はら》う。

狼たちは執拗《しつよう》に羽を狙《ねら》ってきた。ひやりとする時が、何度もあった。

アンは呆然《ぼうぜん》と、血の香りの中に座りこんでいた。

自分の羽とアンが無事だったことに、シャルは安堵《あんど》した。

剣をふって消滅《しょうめつ》させると、アンに近づいた。

「……なんで、追ってくれなかったの」

馬車が走り去った門の向こうを見ながら、アンがうつろな表情で口を開いた。

「ジョナスを追っていたら、おまえは狼に喰《く》い殺されていた」

「わかってる！」

突如アンは立ちあがると、シャルに歩み寄った。

「わかってる！　でもそれは、シャルの判断。わたしの判断じゃない！　わたしは喰い殺されてもいいから、砂糖菓子を渡《わた》したくなかった。シャルはわたしの命令なんか、ぜんぜん聞いてくれない。旅に出てから、ずっとそうだった。結局シャルは、自分の判断で動いていた。そうでしょう⁉　ただわたしが羽を握《にぎ》っているから、そばから離れなかっただけ。さっきだって、シャルが砂糖菓子を追ってたら、わたしは狼に喰い殺されてたかもしれない。そうしたらシャルの羽も、傷つくかもしれないものね。だからシャルは、砂糖菓子よりわたしを守った。それだけよね。わかってるわ。わたしは、あなたを使役できない！　だから、こんなことになっちゃったのよ！」

そう叫ぶと、思い切りシャルの胸を両手の拳《こぶし》で打った。

何度も何度も、彼女は打ってきた。疲《つか》れて手の力が抜《ぬ》けるまで、打ち続けた。

アンの言っていることは、めちゃくちゃだった。しかし彼女自身、それは理解しているはずだ。それなのに、言わずにはおれないのだろう。だからシャルは、させるがままにしていた。

ようやく、アンの両手がさがる。うつむいたまま、ふらふらと残された馬車の荷台の中へ入っていった。

——確かに。俺はあいつの命令を聞いたことは、一度もない。

シャルがこの旅の間に幾度《いくど》かアンの危機を救ったのは、彼女が自分の羽を握っているからに他《ほか》ならなかった。彼女が傷つけば、羽も傷つく。だから結果的に、彼女を守ったに過ぎない。

ただ、あの時。狼がアンに飛びかかった瞬間。

自分の羽が傷つくかもしれないということは、思い浮《う》かばなかった。

呆然としているアンをとにかく守ろうとして、咄嗟《とっさ》に体が動いていた。

ぽつりと、冷たいものが頬《ほお》に落ちた。

見あげると暗く暮れ始めた空から、雨の粒《つぶ》が落ちていた。誰《だれ》かの涙《なみだ》のように。

六章　生まれる朝

暗闇《くらやみ》に、しとしと冷たい雨が降る。

宿砦《しゅくさい》を埋めつくしていた狼の死体は、シャルが外へ運び出した。

しかし湿《しめ》った雨と血の臭《にお》いは立ちこめていた。

精製途中《とちゅう》の銀砂糖は狼に踏《ふ》み荒《あ》らされ、狼の血で汚《よご》れ、雨水と混じっている。ぽつぽつと雨を受け、波紋《はもん》を広げる。

残されたジョナスの箱形馬車の中に、アンはいた。

荷台の中は、アンの箱形馬車とそっくりにつくられていた。砂糖菓子を作るための作業場だ。

作りかけの砂糖菓子の残骸《ざんがい》が、いくつか転がっている。

作業台の上には、砂糖菓子のデザインを描《えが》いた紙が散らばっていた。全《すべ》て、エマが描《か》き残した砂糖菓子のデザインを写したと思われるものだ。

荷台の中には五つも樽《たる》があったが、その五つの樽全部に、銀砂糖が詰《つ》まっている。

——最初から全部、計算ずく。全部嘘《うそ》だった……。

ジョナスは、ラドクリフ工房《こうぼう》派の長《おさ》になれるかもしれない立場にいる。しかしそれには、銀砂糖師になることが必須《ひっす》条件だ。

ジョナスは過去二回、砂糖菓子《がし》品評会に参加して、未《いま》だに銀砂糖師になっていないと言っていた。なのに今年、積極的に砂糖菓子品評会に参加しようとしていなかった。

それを、疑問に思うべきだった。

ジョナスは過去二回の失敗で、自信喪失《そうしつ》したのだろう。

けれど彼は、是《ぜ》が非でも銀砂糖師になりたかったのだ。そうすれば、ラドクリフ工房派の長となれるかもしれない。そして彼の望む、銀砂糖子爵《ししやく》になれるかもしれない。

王家勲章《くんしょう》を授《さず》かり銀砂糖師となれる人々は、砂糖菓子に対して真摯《しんし》な人々だ。利益は、二の次。そうでなければ、素晴《すば》らしい砂糖菓子は作れない。

ジョナスは、栄光にだけ固執《こしつ》しているのだろう。

だから、真摯さが足りなかったのだろうか。

とりあえず銀砂糖師になれば、砂糖菓子など、どうでもいいと思っていたかもしれない。

そんな時彼のもとに、病で身動きが取れない銀砂糖師とその娘《むすめ》が転がり込んできた。

彼はその親子を、利用することを考えたに違《ちが》いない。

最初はこっそりアンたちの馬車に忍《しの》びこみ、砂糖菓子のデザインを描《か》き写して盗《ぬす》んだ。

しかしデザインはあっても、思うような作品に仕上げられない。技術には自信があっても、自分の作ったものには、自信が持てない。

「だから、わたしにプロポーズしたんだ……」

アンに結婚《けっこん》を申し込んだのは、彼女を丸めこみ、ジョナスのために砂糖菓子を作らせて、それを使って銀砂糖師の称号《しょうごう》を手に入れようとしたためだ。

だがここでも、ジョナスは失敗した。

そこでジョナスは、アンに作らせた砂糖菓子を横取りし、自分の作品として品評会に出品することを思いついたに違いない。

その計画に、アンダー家の人々が全面的に協力したのだ。

アンダー夫妻は息子《むすこ》の計画のために、馬車や用心棒まで用意した。

息子がラドクリフ工房派の長になれば、アンダー一家にとっての利益も大きい。

そしてジョナスは、品評会に向かうアンを追い、ともに旅をして、銀砂糖を一部盗んだ。

銀砂糖を盗んだのは、おそらくキャシーだ。彼女は姿を消す能力があるから、医者宿に泊《と》まった夜、荷台の高窓から忍びこみ、少しずつ銀砂糖を運び出したに違いない。

結果アンは足止めされ、その間に作品を作った。

アンが作品を作れば、銀砂糖は不足する。規定の三樽に、足りない。

その不足分の銀砂糖を、からの樽だと称《しょう》して、ジョナスはアンの馬車に運びこんだ。そうすれば砂糖菓子ができあがった途端《とたん》に、馬車ごと砂糖菓子を奪《うば》い取れる。

そしてジョナスは、実行した。

キャシーに狼《おおかみ》をおびき出させ、シャルを足止めし。

アンの馬車に乗って、走り去った。

ジョナスはまんまと、砂糖菓子の作品を一つと、三樽分の銀砂糖を手に入れたのだ。

ルイストンまでは、半日の距離《きょり》。

昼間であればジョナスは、護衛なしで駆《か》け抜けることができるだろう。

アンのもとには、銀砂糖の詰めこまれた樽五つと、新品の馬車とくたびれた馬が残った。

銀砂糖は充分《じゅうぶん》にある。けれど品評会は、二日後。

夜になった今、実質一晩と一日。

祝祭用の大作の砂糖菓子を作る時間は、もはやない。

──間に合わない。

砂糖菓子品評会は、毎年ある。今年に間に合わなくても、来年がある。

けれどエマの魂《たましい》を天国へ送るための昇魂日《ブル・ソウル・デイ》は、今年だけだ。

エマのための砂糖菓子は、別に、アンの作った砂糖菓子でなくてもいいかもしれない。もっとベテランの銀砂糖師に素晴らしい砂糖菓子を作ってもらえば、いいのかもしれない。

けれどアンは、自分の砂糖菓子でエマを送りたかった。

大好きな母親を、銀砂糖師になった自分の砂糖菓子で送りたい。

それは母親を亡《な》くした心を支え、自分が一歩踏み出すための動力だった。

動力を失って、アンの気力はすっぽりと体から抜け落ちた。

いい人だと信じていたジョナスに裏切られた、その衝撃《しょうげき》。ジョナスの仕業《しわざ》と気がつかずに、ミスリル・リッド・ポッドが銀砂糖を食べたかもしれないと疑い、彼を信じきることが出来なかった愚《おろ》かさ。ミスリルの、涙いっぱいの瞳《ひとみ》を思い出すだけで、苦しくなる。

信じた自分の、甘さと間抜《まぬ》けさ。後悔《こうかい》や怒《いか》り。それらが動力のかわりにアンを満たし、全身がだるくて重い。一歩も動けない。

ジョナスに鞭《むち》で打たれた右手の甲《こう》の傷は、ずきずきと痛む。己《おのれ》の愚かさを知れとでも言うように。

「今年に間に合わなきゃ、意味ない」

アンは呟《つぶや》いて、作業台に両手をついた。うつむき、軽く笑う。

「馬鹿《ばか》みたい。はりきって、砂糖菓子つくって……」

ふらりと荷台を降りると、冷たい雨が降りかかってきた。

頭から生臭《なまぐさ》い液体をかけられ、体もドレスもべたべたして悪臭《あくしゅう》を放つ。

自分の惨《みじ》めさが、たまらなかった。

ふと視線を感じて、目を動かす。宿砦の壁際《かべぎわ》にある大木の下に、シャルがいた。腕組《うでぐ》みした、相変わらずの不遜《ふそん》な態度でこちらを見ている。

所詮《しょせん》自分は、甘っちょろい十五歳の小娘。

力もなく知恵《ちえ》もなく、頼《たよ》る者もなく、ひとりぼっち。

こんな惨めな自分を、シャルに見られることが恥《は》ずかしかった。我慢《がまん》できなかった。見て欲しくなかった。

首に下げていた革《かわ》の紐《ひも》を乱暴にたぐりだし、小さな袋《ふくろ》を引きむしる。

早足にシャルのもとにいくと、袋を突《つ》き出した。

「羽を返す」

シャルは動かなかった。じっと袋を見つめてから、訊《き》いてきた。

「ルイストンはまだ先だ。それにジョナスを追わないのか。砂糖菓子を、取り戻《もど》さないのか」

「ジョナスは今頃《いまごろ》、ルイストンに到着《とうちゃく》してる。品評会への参加申し込みもすませて、砂糖菓子を役人に渡《わた》しているはず。今更《いまさら》行って『それはわたしの作ったものだ』って主張しても、証拠《しょうこ》がない。取り合ってもらえない」

「それでいいのか」

「いいわけないじゃない……。でも……でも、どうしようもないの！　シャルがいても、どうしようもないの。だからもう、自由にしてあげる。どこへでも行って！」

ぶちまけるように言ってから、うつむいた。

しばらくして、シャルはアンの掌《てのひら》から、そっと袋を取りあげた。

「これで、対等か」

アンは首をふった。

「最初から、シャルは対等よ……。わたしは最初から最後まで、目的のためでも、使役者《しえき》になりきれなかった」

「妖精《ようせい》市場でおまえを見たとき、なんとなくわかっていた」

シャルの言葉は、穏《おだ》やかだった。雨音のように落ち着いている。

「だからおまえに、俺を買えと言った。甘い小娘なら、簡単に羽を奪い返して、逃《に》げ出せると思っていた」

「嬉《うれ》しかったでしょう。予想通りで」

「……どうかな。わからない」

シャルが、木の幹から背を離《はな》す気配がした。

彼はすっとアンの前を通り過ぎると、宿砦《しゅくさい》の鉄扉《てっぴ》の方へ向けてゆっくりと歩き出す。

――ひとりぼっち。ひとりぼっち。

頭の中で、なにかが繰《く》り返す。嗚咽《おえつ》が漏《も》れる。

今まで我慢に我慢を重ねてきた思いが、どっとあふれ出す。止めることはできなかった。アンの心を支えていたものは、一気に崩壊《ほうかい》していった。

「ママ！　ママ！　なんで死んじゃったの!?　なんでわたしを、一人にしたの？　一人にしたの。なんで……なんで!?」

アンはその場にへたりこんだ。膝《ひざ》に顔をつけ、雨に打たれ続けた。


片羽を自分の手に取り戻したのは、どのくらいぶりだろうか？

七十年……。

いや、もっと久しぶりのような気がする。

自分の掌《てのひら》にある小さな革袋《かわぶくろ》を見つめる。

シャル・フェン・シャルは雨に打たれながら、人の手に荒《あ》らされていない、荒野《こうや》の静謐《せいひつ》な空気を感じていた。背後にある宿砦が、一歩ごとに遠くなる。

遠くなる。あの、甘い香《かお》りのする娘《むすめ》との距離が、遠くなる。

不思議だった。自由を手に入れたのに、それに対する喜びがない。

なぜだろうかと考え、すぐにその理由に思い当たる。

シャルはアンの命令など、聞いていなかったからだ。アンに買われた瞬間《しゅんかん》から、我知らず、自由を手に入れていたからだ。だから今更、躍《おど》りあがるほどに喜べないのだ。

ただ羽が、アンの手から、シャルの手に戻っただけ。

羽を取り戻して一つ違《ちが》うのは、アンというお荷物がいないことだ。彼の羽を大事に胸に抱《かか》えていただけの、甘い娘。

どこへ行こうと、自由。

なにをしようと、自由。

完璧《かんぺき》な自由を手に入れて、ふと、自問する。

――自由を手に入れた。そして俺は、なにをしたい？　どこへ行きたい？

暗闇《くらやみ》が、押し寄せる。

「崩《くず》れそうだ」。なにかがふっと、耳元に囁《ささや》いた。

──俺は崩れない。崩れるのは、あいつだ。追うものを目の前からむしり取られて、一人だ。

「寂《さび》しいか？」。再びなにかが、すかすように囁く。

──寂しい？

守るべきものも、行くべき所もない、自分。

夢にまで見た、自由を手に入れた瞬間なのに、自分の意識が内側に巻き込まれていくような、縮小していくような、世界から隔絶《かくぜつ》されているような感覚がする。

するとなにかが、無性《むしょう》に恋《こい》しい気がした。

恋しいのは、なくした、絶対に帰れない遠い過去の思い出だろうか？

──違う。

過去の思い出は、むなしいだけだった。シャルの心を冷やすだけだ。

恋しいのは、もっと温かなものだ。もっと確かに、感じられていたものだ。

──つい、さっきまで感じていた。あれは……。

甘い香り。温かい、体温。

あの甘い香りは、この冷たい雨の中に、崩れて、消え果てるのだろうか。

目の前を、さらさら流れ落ちる銀砂糖が心に浮《う》かぶ。思わず、足を止めた。流れ落ちる銀砂糖を、両掌ですくいとめたくなる。

雨に打たれ続けた全身は、冷え切っていた。涙《なみだ》は涸《か》れていた。

明け方になって雨がやんでも、アンは顔をあげることができなかった。朦朧《もうろう》としていた。けれど背中に朝陽《あさひ》の明るさと暖かさを感じると、ふと意識がはっきりした。

顔をあげると、末枯《うらが》れた草葉の先に、小さな青い実がすずなりになっているのが目にはいる。雨に洗われて朝陽を受けた実は、つやつやと輝《かがや》いていた。

なにもかもが抜《ぬ》け落ちた心に、その色と輝きは染《し》みた。

なにも考えず、見つめていた。

すると小さな青い実の表面を包むように、光の粒《つぶ》が木の実の内側から湧《わ》き出てきた。それはシャルが、彼の剣《けん》を出現させるときの光に似ていた。その光は実の一点に集まってくると、徐々《じょじょ》に固まり、親指くらいの大きさになる。凝縮《ぎょうしゅく》し、なにかの形を取り始めた。

アンは目を見開いた。

光の粒は、小さな頭の形をとり、手足になり。親指ほどの大きさながら、確かに人の形になる。その背には、半透明《はんとうめい》の二枚の羽が作られる。

光のベールに包まれて、そこには華奢《きゃしゃ》な、女性の姿が現れる。妖精だ。

「……きれい……」

おもわず、呟《つぶや》く。青い実の上にちょこんと横座りした妖精の女は、ぼんやりと周囲を見回し、背伸《せの》びしてあくびする。

妖精の命が生まれる瞬間。その神々《こうごう》しさと、穏やかな輝きに、魅《み》せられていた。

こんなに清らかな輝きが、存在するとは。

「妖精は、もののエネルギーが凝縮して『形』になり、生まれる」

突然《とつぜん》、背後から声が聞こえた。アンは驚《おどろ》きふり返った。

「シャル……？　どうして……」

シャルは、アンの傍《かたわ》らに片膝《かたひざ》をついた。

アンは呆然《ぼうぜん》と、シャルの横顔を見つめ続けた。

シャルはアンの問いには答えず、草の実の妖精に視線を向けたまま言った。

「人間は妖精を、使役する用途《ようと》によって分類する。労働妖精、愛玩《あいがん》妖精、戦士妖精、と。だが俺たちは、自分たちを、その出自によって分類する。寿命《じゅみょう》は、ミスリルは、水の精。俺は貴石の精。この妖精は草の実から生まれたから、植物の精だ。寿命は、おそらく一年。儚《はかな》い。だが逆に、羨《うらや》ましいと思うこともある……俺の寿命は、長すぎる」

妖精は生まれてから死ぬまで、姿が変わらないという。シャルは生まれた瞬間から、この姿だったはずだ。そしてその寿命は、生まれる源になったものと、だいたい同じだという。

シャルは、黒曜石から生まれた。

すると彼はいったい、どのくらい長い時間、この姿で、この世界を生きていくのだろうか。

想像すると、気が遠くなる。そして同時に、儚い命を羨ましいと言ったシャルの言葉に、身を絞《しぼ》られるような痛みを感じる。

永遠に近い時間を一人で生きるのは、どれほどの苦痛だろうかと。

草の実の妖精《ようせい》は、ようやく正気づいたらしい。目をぱちぱちさせた。そして小首を傾《かし》げる。

「ああ……お仲間ね。そしてそちらのあなたは、人間ね。わたしどうやら、生まれたばかりみたい。ドレスも着てない。ごめんなさいね、こんな格好で。とりあえず、はじめまして。わたしは、ルスル・エル・ミン。あら、どうしてかしら。わたし自分の名前を知っているわ」

自らに驚きながら、小さな小さな妖精は、羽を動かして飛びあがる。

「おまえが生まれ出た草の実が知っていることを、おまえも知っている。それだけのことだ。その草の実が発するエネルギーの響《ひび》きが、音になっておまえの名前になる」

「そうなの？　とにかくわたし、まずドレスが欲しいわ。そこのお嬢《じょう》さんみたいに」

シャルがそっと手を伸《の》ばして、小さな妖精を自分の掌に乗せる。

「ルスル・エル・ミン。ドレスなど望むな。そんなものを望んで、人間に近寄るなよ」

「なんで？」

「人間は危険だ。妖精を捕《つか》まえて、使役《しえき》する。妖精から自由を奪《うば》う」

「本当に？　でも、そちらのお嬢さんは？　人間でしょう」

「こいつは特別だ。さあ、行け。ルスル・エル・ミン。荒野のさらに奥へ。人間の手がとどかない場所へ行き、気ままに暮らせ」

「ご親切な方。ありがとう」

礼を言うと妖精はせわしなく羽ばたき、宿砦《しゅくさい》の外へ飛び出していった。

小さな妖精を見送ると、シャルはやっと、アンに視線を向けた。

アンはただ驚いて、シャルの顔から目を離《はな》せずにいた。シャルが眉《まゆ》をひそめる。

「なんだ？　その妙《みょう》な顔は」

「だって。どうして、ここにいるの？　羽は、返したでしょう？」

「約束を、果たしてもらっていなかった。それを果たしてもらいに来た」

「約束？」

「砂糖菓子《がし》を俺にくれると、約束した」

「砂糖菓子……？」

砂糖菓子のために、帰ってきたと？

――ひとりぼっち。ひとりぼっち。

頭の中に鳴り響く残響《ざんきょう》が、薄《うす》れていく。

――ちがう。砂糖菓子一個のためだけに、わざわざ帰って来る人なんかいない。

「作るのか。作らないのか」

むっとして問うシャルを見て、アンは苦笑《くしょう》した。

――それともシャルは、本当に砂糖菓子が欲しかった？　でも、どっちでもかまわない。

今この瞬間《しゅんかん》、一人じゃない。誰《だれ》かが、そこにいてくれる。

そのことが嬉《うれ》しくて、笑《え》みがこぼれた。

今年銀砂糖師になって、エマを天国へ送りたいというささやかな希望も消えて、心にはぽっかり穴が空いた。

けれどシャルが、帰ってきてくれた。義務でも命令でもないのに、帰ってきてくれた。

そんな彼のためにできることがあるなら、それがアンの値打ちになるかもしれない。

からっぽになった胸の中に、小さな輝きが一つだけ灯《とも》る。

嬉しかった。なによりも。涙があふれそうになるが、こらえて微笑《ほほえ》む。

「そっか。約束したもんね。とびきり綺麗《きれい》なもの、作ってあげる」

アンは立ちあがった。銀砂糖ならば、ジョナスが置いていった馬車の中にたっぷりある。

「待て。そんななりで、砂糖菓子を作るな」

シャルは言うと、アンの頭の上に乾《かわ》いた布と、男物の服ひとそろいを投げてよこした。

それを受け取り、首を傾げた。

「これ、どうしたの」

「荷台の中にあった。奴《やつ》が置いていった。使ってかまわないだろう」

アンは苦笑した。

「そうだね」

アンは荷台の陰《かげ》で着替《きが》えをした。

男物のズボンと上衣《うわぎ》はぶかぶかで、裾《すそ》や袖《そで》を何重にも折り返した。

「手が冷え過ぎちゃったな。動くかしら」

寒かった。冷えた体をさすり、強《こわ》ばった指を動かして、荷台に入ろうとした。

するとシャルが何気なく歩み寄ってきた。アンの冷えた両手を、自らの手で握《にぎ》った。その手に、息を吹《ふ》きかける。

「シャル……？」

彼の吐息《といき》の温かさに、震《ふる》えた。

「砂糖菓子をあげたら、シャルはまた、行ってしまう？」

こらえきれずに訊《き》いた途端《とたん》に、ふわりと心地《ここち》よい暖かさに包まれた。

やわらかく抱《だ》き寄せられたと、気がついた。

「おまえの香《かお》りは、甘い」

耳に、シャルの息が触《ふ》れる。

「おまえの香りが、俺を呼んだ。砂糖菓子を作れ。おまえには、できることがある」

アンの鼓動《こどう》が、倍の速さに増す。

シャルが手を離すと、アンは荷台に駆《か》けこんだ。

──なんだか、すごく耳が熱い。

胸の奥からこみあげてくるものも、熱い喜び。

もし砂糖菓子を渡《わた》して、シャルが去ったとしても。こうやってアンを励《はげ》ますために、シャルが帰ってきてくれた。それだけで充分《じゅうぶん》だと思う。

彼のために、とびきり綺麗な砂糖菓子を作ろう。

銀砂糖をすくいあげ、冷水を加える。

何を作ろうという考えもなく、ただ胸の鼓動を鎮《しず》めるために銀砂糖を練っていると、指先が勝手に動き出した。

なにかを作りたいという、そんな思いだけが、胸の中にあふれ出す。

頭に浮《う》かんだのは、先刻目にした、妖精の生まれる瞬間。あの美しさを、銀砂糖の中に封《ふう》じ込めたい。大きくなくて良い。掌《てのひら》に載《の》るほど小さくて、繊細《せんさい》で、壊《こわ》れそうな。薄い羽や、つやつや輝《かがや》く青い実。ふわふわした妖精の髪《かみ》の毛と、華奢な四肢《しし》。

いつの間にかアンは、一心不乱に銀砂糖を細工していた。

薄く薄く、透《す》けるほど薄く銀砂糖をのばし、さらにそこに、透かし彫《ぼ》りを入れる。つやつやの草の実を再現するのに、執拗《しつよう》に練りを繰《く》り返す。


やっとアンが手を止めたのは、馬車の中に入ってくる日射《ひざ》しが、直線的で眩《まぶ》しいオレンジ色になったころだった。日が暮れかけていた。

朝から夕方まで、ぶっ通しで細工を続けていた自分に、驚《おどろ》いた。そしてできあがったものが、掌に載るとてもちいさなものであることにも、驚く。

よくもまあこんな小さなものに、これだけ時間をかけたと、自分でも呆《あき》れた。

しかし。草の実から生まれた妖精の姿は、今朝アンが目にしたものそのものだった。目を惹《ひ》きつけて、離さない。その磁力。

エマの作った砂糖菓子と似たものを感じ、アンははっとする。

アンが砂糖菓子品評会のために作った砂糖菓子は、立派で見栄《みば》えのするものだった。けれどあれは、エマのデザインだった。エマが心から美しいと思い、それをデザインにしたものだ。アンの思いがこもったものではないのだ。

エマのデザインを利用して作った砂糖菓子は、本当の意味で、アンの作った砂糖菓子ではない。

――だから、猿《さる》まねだったんだ……。

自分が本当に美しいと思ったもの。それを封じ込めたいという、思い。それがあってはじめて、自分が納得《なっとく》できる、人を惹きつける砂糖菓子になる。

その点で言えば、これはまさしく、今のアンが作る最高の砂糖菓子だ。

「これは、猿まねじゃない。……わたしの、砂糖菓子」

ここまでアンにつきあってくれたシャルに、感謝を込めて。この砂糖菓子を、彼にあげよう。

アンは大事に砂糖菓子を両手に持つと、荷台を降りた。

シャルは石に座り、ぼんやりと夕日を見ていたが、アンの気配にふり返った。

「シャル。これ。約束どおり、砂糖菓子。今のわたしのなかでは、最高の砂糖菓子。ジョナスに盗《と》られちゃったものなんかに比べたら、すごく小さいけど。けどあれは、半分ママの砂糖菓子だった。これが本当の、わたしの砂糖菓子」

アンは彼の前に跪《ひざまず》き、砂糖菓子を差しだした。

小さな砂糖菓子を見て、シャルは言った。

「……綺麗だな」

その言葉に、アンは頬《ほお》を染めた。

自分の容姿を誉《ほ》められるよりも、よほど嬉しかった。泣きたくなるほど、嬉しかった。

「ありがとう。もらってくれる？」

シャルは大事そうに、両手でそっと砂糖菓子を受け取った。

——これで、シャルもどこかへ行ってしまうかもしれない。

そう思うと、目の前にいる妖精《ようせい》が、なによりも愛《いと》しく感じた。

夕日を反射する美しい羽に、最後に触れたいと思った。

「羽。触《さわ》らせてもらえる？」

命に等しいものに、気軽に触れさせてもらえるはずはない。もしアンに害意があれば、シャルの羽に傷をつけることも考えられるからだ。

それはわかっていたが、乞《こ》わずにはおれなかった。

だがシャルは、頷《うなず》いた。

「触れ」

「いいの？」

もう一度頷いたのを確かめて、アンは両掌でそっとシャルの羽をすくった。

羽は、ほのかに温かかった。掌を滑《すべ》らせて、絹よりもなめらかな、ぞくりとするような手触《てざわ》りを確かめる。そして軽く、その羽に口づけた。

シャルはぶるりと身震《みぶる》いして、わずかに顎《あご》をあげて目を細める。ふっと息を吐《は》いた。

アンは羽から手を離《はな》すと、微笑んだ。

「ありがとう」

「気はすんだか？」

「うん。これで……」

何処《どこ》へ行っても、いいよ。そう言おうとした言葉が、喉《のど》の奥にはりつく。

本当は、何処へも行って欲しくない。

シャルはしばらく、掌の上の砂糖菓子《がし》を眺《なが》めていた。そしてぽつりと、訊いた。

「この砂糖菓子は、俺のものだな？」

「うん」

「じゃあ、俺の勝手にさせてもらう」

言うとシャルは、立ちあがった。そして木に繋《つな》がれていた馬の綱《つな》を、外しにかかった。その馬を、残されていた箱形馬車に取りつける。

首を傾《かし》げるアンのところに帰ってくると、顎をしゃくった。

「御者台《ぎょしゃだい》に乗れ。出発する」

「ルイストンだ。夜通し走れば、朝にはルイストンに到着《とうちゃく》する。砂糖菓子品評会の当日、滑りこみでも間に合うだろう。おまえは今年、銀砂糖師になりたいんだろう」

「でも、シャル。砂糖菓子が」

「どこへ?」

「これがある」

シャルは自分の手にある砂糖菓子を、アンに差しだした。

受け取れと目顔で促《うなが》され、アンは再び、自分の砂糖菓子を手にする。

「それがおまえの、本当の最高の一つなら。それを出品しろ。それでだめなら、諦《あきら》めがつく」

砂糖菓子品評会の作品は、どれも大きくて見栄《みば》えのするものばかり。その中でこんな小さなもの、洟《はな》も引っかけられずに落選だろう。

だが。アンはやっと、気がついた。

自分は何を焦《あせ》って、銀砂糖師になりたがっていたのか。自分の力量が及《およ》ばないのに、半分エマの力を借りて銀砂糖師になっても、エマは喜ばない。そんな偽物《にせもの》の銀砂糖師の砂糖菓子で、エマは喜んで天国へ行かない。

もしこの小さなものが、本当に自分の実力ならば。この小さな砂糖菓子で、アンは勝負するべきなのだ。シャルを見あげる。

「どうして、こんなことしてくれるの? 羽を返したのに」

「羽を返してもらった。おまえは俺の使役者《しえき》じゃない。だから友達になれる。おまえが望めば」

「シャルは、望んでくれたの？」

アンの問いに、シャルは肩《かた》をすくめた。

「さあな」

素っ気ない言葉の裏に、隠《かく》れた意味を悟《さと》る。

アンの目に、彼女本来の強い輝きが戻《もど》る。喜びに、力がわく。

「これから夜が来る。ブラディ街道《かいどう》を、夜に走り抜《ぬ》けられる？　大丈夫《だいじょうぶ》？」

シャルは不敵に笑った。

「俺を何者だと？」


闇《やみ》を突《つ》き抜けた。アンの馬は、よく頑張《がんば》った。息を乱しながらも、立ち止まることはなかった。夜明けとともに、ブラディ街道を抜けた。

そして朝露《あさつゆ》が乾《かわ》く頃《ころ》に、王都ルイストンが目の前に広がった。

七章　王家勲章の行方

お堀《ほり》を巡《めぐ》らした小高い丘《おか》の上に、身を横たえる巨大《きょだい》な王城。

その王者に視線を集めるように、丘の周囲には放射状に街路がのびる。石造りの建物が、街路と街路の隙間《すきま》を埋《う》める。

王城へ続く八つの巨大な街路には、石が敷《し》きつめられ、舗装《ほそう》されている。

砂糖菓子品評会は、八つの街路の一つ。最も幅《はば》の広い、王城正門へと続く凱旋通《がいせんどお》りで行われる。城門の正面にある広場には、白いテントが張られ、その下には一段高い座が設けられている。品評会に出席する、王家の人々のための席だ。

王都の人々は、お祭り好きだ。

王家の人々が姿を見せるという理由だけで、広場には民衆がひしめいていた。

民衆の視線の先にあるのは、王家の席に座る、王と王妃《おうひ》。それと王女王子たちだ。きらびやかな衣装とその華《はな》やかな容姿にため息をつく。

王家の席の前には、白い布がかけられた卓《たく》が横並びに並ぶ。その上には、一抱《ひとかか》えもある砂糖菓子が、ずらりと置かれている。

どれもこれも、色彩《しきさい》豊かで精緻《せいち》な細工が施《ほどこ》されているはずだ。

ただし今は、全《すべ》ての砂糖菓子に布がかぶせられているので、中身を確認《かくにん》することはできない。それぞれの砂糖菓子の背後には、それを作った職人たちが控《ひか》えている。王の御前《ごぜん》に出るとあって、みな一張羅《いっちょうら》でめかしこんでいる。

立派な毛皮のベストを身につけた、ジョナスの姿もある。

砂糖菓子品評会は、ダウニング伯爵《はくしゃく》が取り仕切る。先国王の時代、内務大臣として辣腕《らつわん》をふるった老人だ。今は一線を退いているが、それでも現国王も信頼《しんらい》をよせる老臣である。

老臣は職人たちが整列し、また、王家の人々が着席したことを確認した。

審査《しんさ》を始めるべく、開催《かいさい》の宣言をしようと、ダウニング伯爵が立ちあがりかけた時だった。

観衆の一部が、どよめく。

何事かと眉《まゆ》をひそめた老臣の目に、観衆の中に突っ込んでくる、一台の箱形馬車が映る。

「危ない!!」

「馬車を止めろ」

衛士《えじ》たちが走り出すと、馬車を操《あやつ》っていた小柄《こがら》な娘《むすめ》が、手綱《たづな》を引き絞《しぼ》り馬を止めた。そして御者台を飛び降りると、衛士たちの腕《うで》をすり抜けるようにして広場に駆《か》けこんできた。

彼女の背後には、彼女を守るように、黒髪《くろかみ》の青年がいた。

少女は、ダウニング伯爵のいるテントの前に駆け寄ろうとした。

「捕《つか》まえろ!」

衛士の一人が、少女の腕を摑《つか》んだ。しかし、少女を守っていた黒髪の青年が、衛士の腹に蹴《け》りを繰《く》り出した。衛士が背後に吹《ふ》き飛ぶ。

腕を解放された少女に向かって、

「行け!」

青年が叫《さけ》ぶ。少女は、なおも走る。

少女のあとを追わせまいと、槍《やり》を構えた衛士の前に、青年が立ちふさがる。

人々はそこで、やっと気がついた。青年の背には、美しい羽が一枚ある。

「あの娘に、手を出すな!」

「おまえ、……妖精《ようせい》!?」

全力で走っていた少女は、ダウニング伯爵のいるテントの真っ正面で、足がもつれた。その
まま体勢を崩《くず》し、前のめりに倒《たお》れこんだ。

しかしそれでも顔だけをあげて、息をきらしながら必死に叫んだ。

「砂糖菓子品評会開催は、まだ宣言されていないとお見受けしました。ならばまだ、参加は可
能なはず。わたしも参加いたします。砂糖菓子職人。名はアン・ハルフォード。出身は、不《ふ》
詳《しょう》!」

テントから飛び出した衛士たちが、転んだままのアンを押さえつけ怒鳴《どな》る。

「貴様、不敬である!!」

目を丸くしているダウニング伯爵の背後から、陽気な笑い声があがった。

「来ないと思ってたら、これはこれは、なかなか派手にご登場だな!! おまえさんはまったく、

面白《おもしろ》い奴《やつ》だよ。アン」

聞き覚えのある声に、アンは目を見開いた。

ダウニング伯爵の背後から、一人の青年貴族が姿を現した。銀色の刺繍《ししゅう》を施した、正装。それはまぎれもなく、銀砂糖子爵《ししやく》の身につけるもの。

それを身にまとっているのは、野性味のある茶色の瞳《ひとみ》をした、見覚えのある男。

「ヒュー!?」

ダウニング伯爵が、ヒューに訊《たず》ねた。

「マーキュリー。知っている娘か？」

──マーキュリー？

アンはヒューの顔ばかりを見ていた。

──ヒュー・マーキュリー!?　マーキュリー工房《こうぼう》派の長《おさ》で、現、銀砂糖子爵の!?

「はい。その娘は確かに、ただの砂糖菓子職人《がし》です。ご心配なく。あちらの妖精は、この娘の護衛です」

するとダウニング伯爵は、槍を構える衛士たちに向かって手をあげた。

「よい、そなたらは控えろ。この娘は、参加希望者だ」

シャルを取り囲んでいた衛士も、アンを押さえつけていた衛士も、命令に従い後ろにさがる。

アンは起きあがると、その場に跪《ひざまず》いた。

ダウニング伯爵は、アンに目を移すと訊《き》いた。

「見れば年若い。その若さで、参加の口上。よく心得ていたな。誰《だれ》に教わった」

「母に。わたしの母は、銀砂糖師でした」

「なるほど。参加の口上は、作法通り。しかし参加には、手順があるのを知っているか？」

「はい。参加の口上をダウニング伯爵に述べ、しかるのちに、銀砂糖子爵が、国王陛下のお目汚《よご》しにならない腕前《うでまえ》の砂糖菓子職人か否《いな》かを、簡単な作業をさせることで見きわめます。それで認められれば、参加を許可されます」

「そうだ。その手順は、昨日終わっている。しかもすでに、国王陛下は臨席されて、今しも品評会は始まろうとしている。今からそなたの技量を試《ため》すには、時間がない」

「できるだけはやく、課題はこなします。だから、お願いです！」

必死の様子に心を動かされたらしく、ダウニング伯爵は、ヒューに相談するかのように彼に向きなおった。

「どうする、マーキュリー」

「今から、課題をさせる時間はありません」

にべもなかった。アンは唇《くちびる》を噛《か》み、顔を伏《ふ》せた。

しかしヒューは、にやりと笑って続けた。

「しかし、ダウニング伯爵。幸運なことに、この娘の技量は、わたしが先日、試しております。国王陛下のお目汚しには、ならないと存じます」

その言葉に、顔をあげた。目が合うと、ヒューは軽くウインクした。

ダウニング伯爵は、頷《うなず》いた。

「よかろう。銀砂糖子爵が認めるならば、参加を許可しよう」

そして砂糖菓子が並ぶ卓を指さした。

「では樽《たる》三つ分の銀砂糖を、衛士に言って広場の端《はし》に運ばせなさい。そして、そこへ自分が作った砂糖菓子を並べて後ろに控え、王家の方々のご判断を待ちなさい」

「はい。ありがとうございます」

立ちあがると、ぺこりと礼をして、砂埃《すなぼこり》にまみれた服をはたく。

広場の中央へ進み出たアンに、観衆と、参加の砂糖菓子職人の好奇《こうき》の視線が集まった。

参加する砂糖菓子職人たちは、皆《みな》めかしこんでいる。

しかしアンときたら、体に合わないだぶだぶの男物の服を着て、髪《かみ》も顔も汚れている。細い体が余計に細く見えて、年齢《ねんれい》よりはるかに幼く見える。そして見たこともないような、美しい妖精を連れている。

あれはいったい、何者だ？　好奇の視線が、そう囁《ささや》きかわしている。

アンが並ぶように命じられたのは、奇《く》しくも、ジョナスの横だった。

ジョナスは強《こわ》ばった表情で、ことの成り行きを見守っていた。

となりにアンが立つと、強がるようにせせら笑った。

「やあ、アン。僕の服、よく似合うじゃない。それはそうと、砂糖菓子はあるの？」

アンはキッと、ジョナスを睨《にら》みつけた。

「おかげさまで。この服は役に立ったわ。わたしのことはご心配なく、砂糖菓子はある」

「じゃあ、早く卓に並べなよ。どこにあるの？」

「ここよ」

アンは前に進み出ると、白い卓の上に、布をかけた小さな固まりを置いた。

それを目にした観衆や、砂糖菓子職人のあいだから、失笑《しっしょう》が漏《も》れる。

ジョナスも、ぷっと吹きだした。

「ま、時間的に、できてせいぜいその程度だね。君の度胸には感心するよ、アン。そんな子供のおやつみたいな大きさの作品で、参加するなんて」

アンは正面の王家のテントを見つめたまま、答えた。

「あなたにも感心するわ、ジョナス。他人《ひと》の作品を出品するなんて、恥知《はじし》らずにもほどがある」

「なんのことか、わからないね」

「銀砂糖子爵。ヒューの目を、誤魔化《ごまか》せると思ってるの？　医者宿で、彼の目の確かさは思い知ってるはずよ」

ほんの少し、ジョナスの表情が引きつる。しかしすぐに、口もとを歪《ゆが》めて笑った。

「参加申しこみの時に、ヒューが銀砂糖子爵だと知って驚《おどろ》いたけど。奴は、半年前に銀砂糖子爵になったばかりだよ。銀砂糖子爵になりたてで、偉《えら》ぶってるだけさ。今回持参した僕の作品を見ても、何も言わなかったよ、彼」

「わかってないはずないわ」

アンの作品が置かれたのを見届けたダウニング伯爵《はくしゃく》は、手をあげて宣言した。

「ここに砂糖菓子品評会を開催する。国で最もすぐれた砂糖菓子職人には、銀砂糖師の名誉《めいよ》を与《あた》えることを約束する」

品評会を取り仕切る役人が、職人たちに指示を出す。

「皆のもの。国王陛下に、砂糖菓子をご覧いただくのだ」

その言葉と同時に、全《すべ》ての職人は自分の砂糖菓子を被《おお》う布を取り去った。

並ぶきらびやかな砂糖菓子に、観衆からため息が漏れる。

国王は座の肘掛《ひじか》けに体重を預け、面白くもなさそうに右から左へと、ざっと砂糖菓子を眺《なが》める。

と、王の視線が止まった。身を乗り出す。

その視線は、ジョナスとアンの方を向いていた。

——まさか、お目にとまった!?

アンの鼓動《こどう》は、速まる。

王はダウニング伯爵を手招きすると、その耳元に何事か囁いた。

ダウニング伯爵は頷き、アンとジョナスに向かっていった。

「そこの二人の職人。ジョナス・アンダー。ならびに、アン・ハルフォード。砂糖菓子を持って、国王陛下の御前《ごぜん》近くへ」

ジョナスとアンの視線が、絡《から》み合った。

観衆は首を傾《かし》げ、囁きあう。

「あっちの立派なのは、妥当《だとう》だな。群を抜《ぬ》いて、できがいい。けど、なんであんなちっこい砂糖菓子を、王は御前にお召《め》しになるんだ？」

「さあ、ここからじゃよく見えねぇ」

ジョナスは衛士《えじ》の力を借りて、国王の前に置かれている台の上に、砂糖菓子を運んだ。緊《きん》張《ちょう》に顔を強ばらせながら、跪く。

アンは背後にいるシャルに、頷いた。

「行ってくる」

シャルは頷き返してくれた。

アンはそっと手に包むようにして、砂糖菓子を持つと、国王の御前へ行った。台の上に砂糖菓子を置くと、跪く。

国王はゆったりと立ちあがると、台の上に置かれた砂糖菓子を覗《のぞ》きこんだ。

「不思議だな。ここへ来てみろ、マーキュリー」

低い声が、銀砂糖子爵に呼びかける。呼ばれたヒューは、王の傍《かたわ》らに近寄ると、頷く。

「どちらも、同じ職人の手でつくられたもののように、作品の癖《くせ》が似ておりますね」

その言葉に、ジョナスがぎくりと身をすくませる。ヒューの目が光る。

「陛下は、どちらがお好みですか？」

ヒューの問いに、国王の目が細まる。国王は小さな妖精《ようせい》を見つめていた。

「余は、こちらが好きだ。今にも壊《こわ》れそうで。儚《はかな》げで。それでいて、生き生きしている。こんな美しい砂糖菓子《がし》を見たことがない」

「はい」

「余はこの砂糖菓子が一番だと思う。どうか。この職人が、銀砂糖師にふさわしいと思う」

アンは顔を伏せつつも、まさか、まさかと、鼓動が高鳴る。

しかし。

「その砂糖菓子は、本当に素晴《すば》らしいですわ国王陛下。ですが……」

国王の背後から、王妃《おうひ》の冷静な声がした。

「ですが国王陛下。祝祭の要《かなめ》となる砂糖菓子、大きく華《はな》やかなものを作る必要がございます。この小さな作品を作る技量があっても、大きな作品を作る技量があるかどうかは、疑問です。銀砂糖師にふさわしい資質はなにか、お考えになった方がよろしいかと存じます」

「それは、そうだな……」

しばしの沈黙《ちんもく》。アンの鼓動は、速さを増す。

「決めた」

国王は口を開いた。

「余は、決めた。こちらの職人が、銀砂糖師にふさわしいとしよう。こちら、名は?」

ダウニング伯爵が、告げた。

「ジョナス・アンダーにございます」

「では、余は宣言する。余はジョナス・アンダーの持参した砂糖菓子に、王家勲章《くんしょう》を授与《じゅよ》するものとする。この作品を作った者が、今年の銀砂糖師である」

観衆がどよめく。

ジョナスが顔をあげた気配に、アンは力が抜ける。

――当然か。

「では、アン・ハルフォードはさがりなさい。ジョナス・アンダーはここに残りなさい。衛士たちが、アンダーの精製した銀砂糖三樽《たる》をこちらに持ってくる。こちらでその三樽の銀砂糖を、国王陛下にご覧にいれ、三樽の銀砂糖とあなたの砂糖菓子を、献上《けんじょう》するのです」

「はい」

興奮に頬《ほお》を紅潮させ、誇《ほこ》らしげに胸を張るジョナス。

その顔をちらりと見てから、アンは今一度王家の人々にお辞儀《じぎ》をして、砂糖菓子を手にした。

ジョナスの三樽の銀砂糖が、国王の前に運ばれてくる。

アンがそれに背を向けた瞬間《しゅんかん》だった。

「な、なんだ!?　これ!?」

国王の御前にふさわしくない、頓狂《とんきょう》な声をジョナスがあげた。

アンは思わずふり向いた。

ジョナスの目の前に運ばれた樽の一つから、ぴょんと勢いよく飛び出たものがある。それを目にして、ジョナスも国王も、ダウニング伯爵も、目を丸くした。

飛び出したのは、掌大《てのひらだい》の妖精。銀の髪に、青い瞳《ひとみ》。ミスリル・リッド・ポッドだ。

アンは息を呑《の》む。

「これはどういうことだ、アンダー!?」

驚きから覚めたダウニング伯爵は、ミスリルが飛び出した樽を覗きこみ、怒鳴《どな》る。

「銀砂糖がひと樽分。そっくり、ないではないか!」

「そ、そんな馬鹿《ばか》な」

うろたえるジョナスにかわって、国王の御前にひれ伏《ふ》したのはミスリルだ。

「ああああああ!! お許しください国王陛下の旦那様《だんなさま》! 俺はこのご主人様、ジョナス・アンダー様にお仕えする、しがない労働妖精でございます。ご主人様は銀砂糖の精製がドへたくそで、作品を作ったものの、銀砂糖は規定の量、できなかったのでございます。それで、俺が目くらましの術を使えるからと、銀砂糖が樽いっぱいに見えるようにしろと命じられ。樽の中に入れられたのでございます。けれど俺は、国王陛下の旦那様をだますなんざ、恐《おそ》ろしくてできません!!」

おいおいおいおい、芝居《しばい》がかった仕草で、身をよじり。どこで準備したのやら、小さなハンカチまで取り出して、それを噛《か》みしめて号泣《ごうきゅう》している。

アンは、ぽかんとした。

——なんでミスリルが、ここに? なにしてるの!?

そして気がつく。

泣きわめくミスリルのお腹《なか》が、張り裂《さ》けんばかりにぱんぱんに張っている。

──もしかしてミスリル。樽いっぱいの銀砂糖を、食べた……？

ミスリルがなぜ、ジョナスが持参した銀砂糖の樽の中にいたのかは、わからない。

けれどこんな芝居をしている理由は、一つしか思い当たらなかった。

アンのために、してくれたのだ。

作品をとられたアンのために、しかえしをしてくれようとしているのだ。

「これは、陰謀《いんぼう》だ!!」

ジョナスは立ちあがると、王の御前だということも忘れたらしく、大声で叫《さけ》んだ。

「この労働妖精は、ここにいる、この職人！　アン・ハルフォードの使役《しえき》している妖精です。そのことは、銀砂糖子爵もご存じのはずだ!!　僕と彼女は、知り合いです。彼女は自分が銀砂糖師になりたいばかりに、僕に様々ないやがらせをしています！　これも、彼女の陰謀だ」

あんまりな言いがかりに、啞然《あぜん》としたアンの腕《うで》を、ジョナスが乱暴に引っぱった。

「来い!!　この、卑怯《ひきよう》者!!」

「痛っ!!」

悲鳴をあげたアンを見て、ミスリルが顔色を変え、ぱっと跳《は》ね起《お》きた。

「卑怯者はどっちだ!?　アンを放せよ、この野郎《やろう》!!」

泣いている芝居をやめて、憤然《ふんぜん》と叫ぶ。

するとジョナスが、勝ち誇ったようにミスリルを指さした。

「ほら、ご覧ください!! この女とこの妖精は、最初から知り合いだ。まずこのふざけた妖精は、即刻《そっこく》殺すべきです」

「そんなことは、させないわ!」

ジョナスの言葉にかっとして、掴《つか》まれていた腕をふりほどく。

アンは、王家のテントに向きなおった。

ミスリルを殺せと言われ、ここまで卑怯な真似《まね》をされては、もうだまってはいられなかった。

「確かに、あの子はわたしと知り合いの妖精です。こんなことをしたのも、わたしのためにです。その理由が、あります。この人、ジョナス・アンダーが、自分の作品だと称《しょう》して出品しているのは、わたしが作った作品なんです。彼が、わたしの作品を盗《ぬす》んだんです。彼が、盗んだ作品で銀砂糖師になろうとするのを、この子は止めてくれようとしたんです」

「僕が盗みをしたなんて、嘘《うそ》だ!」

「このうえさらに、嘘をつくの!?」

「黙《だま》れ! 嘘つきは、おまえだ!」

アンとジョナスは、激しく睨《にら》みあった。

観衆も、そして王家の面々も、ダウニング伯爵《はくしゃく》も。その場にいる全《すべ》ての人々が、アンとジョナスの言葉に驚《おどろ》き、戸惑《とまど》っていた。

いったい、嘘つきはどちらだ、と。

ただヒューだけが、面白《おもしろ》そうな薄笑《うすわら》いを浮《う》かべていた。

「では、はっきりさせましょうか？　国王陛下」

顔をしかめて、二人の様子を眺《なが》めていた国王に、ヒューが言った。

「この作品を、どちらが作ったのか。これを作った職人が、銀砂糖師だ。ならば、それを見きわめましょう」

「ほう。見きわめる方法があるのか？　マーキュリー。あるならば、やってみるがいい」

「はい。では」

ヒューは、傍《かたわ》らに控《ひか》えている自分の従者らしき男に、何事かを命じた。そして王家のテントを離れると、アンとジョナス、二人の前にやってきた。

「医者宿の夜と、同じことをしてもらうぜ。ただし、今回はお題がある」

国王の御前《ごぜん》には、小さなテーブルが運び出された。そしてその上には、冷水を入れた二種類の容器と、砂糖菓子を作るのに必要なへらや定規や、大小のめん棒などが手早く並べられる。

「国王陛下が選ばれた、この作品。ここに小さな蝶《ちょう》があるな。この作品にくっついている、この蝶。これと同じものを、今、陛下の目の前で作れ。これで誰《だれ》の手によるものなのか、作ったものの癖《くせ》を比較《ひかく》すればわかる」

「わかりました。やります」

望むところだった。アンはすぐさま頷《うなず》いたが、ジョナスは蒼白《そうはく》だった。

「いいか？　ジョナス」

問われて、ジョナスはかろうじて頷いた。

アンとジョナスは、テーブルに並んで立った。

周囲からは、観衆の好奇《こうき》の視線。正面からは、王家の人々の冷たい視線が注がれる。

銀砂糖を目の前に、アンは軽く目を閉じた。

背中に、温かな視線を感じる。なんとなくそれが、シャルの視線だとわかった。

——蝶を作ろう。シャルに喜んでもらえるような、とびきり綺麗《きれい》な蝶。

「はじめ！」

声とともに、アンは目を開けた。銀砂糖に、冷水を加える。

練って、銀砂糖の生地《きじ》に艶《つや》を出す。

——もっと練ろう。艶やかな羽が欲しい。そう、シャルの羽みたいな、美しい羽を作りたい。

銀砂糖を手にすると、となりで、がちゃがちゃと不器用な音を立てるジョナスのことが、不思議と気にならなくなった。

ジョナスの額には、汗《あせ》が噴《ふ》き出していた。時々、舌打ちをする。

アンは指を動かした。

——もっと、綺麗に。

シャルが見ている。そのことで、ひどく安心した。だから、無心になれた。

「もう、いい」

ヒューの声に、アンははっとした。

顔をあげると、いつのまにか、目の前にヒューが立っていた。そしてそのとなりに、テントを出た国王も、また立っていた。

国王は、二人の職人の手元をじっと見ていた。

ジョナスが、手を震《ふる》わせてその場にへたりこんだ。

「アンダーの蝶は、お話にならない」

ヒューが言った。

ジョナスが今まで練りあげていた砂糖菓子《がし》の蝶は、かろうじて蝶の形になっていた。しかし。この蝶は、けして飛ばないだろうと思わせた。あきらかに、国王に選ばれた作品よりも技量が劣《おと》っている。

次にヒューは、アンの手元を見た。

「ハルフォードの蝶は……陛下が選ばれた作品の蝶と、似ている。でも違《ちが》うな」

アンは、自分の手元を見た。

美しい蝶がいた。

国王に選ばれた作品に、ひっそりととまっている蝶よりも、はるかに慎《つつ》ましく、それでいて、今にも羽ばたきそうな艶がある。色彩《しきさい》のない純白の蝶なのに、光の反射で虹色《にじいろ》にすら見える。

国王は眉《まゆ》をひそめる。

「どういうことだ、マーキュリー」

肩《かた》をすくめて、ヒューは笑った。

「わかりません。結局、陛下が選ばれた作品を、どちらが作ったのやら」

二人が作った蝶を、国王は見比べた。

「余が選んだ作品をどちらの職人が作ったのか、余には、明白に見えるが？」

「では、ハルフォードの蝶と、陛下が選ばれた作品の蝶。陛下は、どちらがお好みですか？」

「それは当然、ハルフォードの蝶だ。余が選んだ作品よりも、もっと……」

そこで国王は、なにかに気がついたようにはっとした顔をした。そして、微笑《びしょう》した。

「なるほど。おなじではないと、そういうことか」

「ええ。だから、どちらが作ったとは、断言できません」

その言葉に、ジョナスは最後の活路を見出《みいだ》すように食いついた。

「ぼ、僕は、静かに一人で作業しないと、うまく作れないんです!! ですから、静かな場所で一人、時間をかけて作らせてもらえれば、陛下が選んでくださったのと同じものを、作ることができます。本当です。誓《ちか》って、本当です」

もしこの場で、ジョナスが他人の作品を、自分が作ったものとして出品したのだと判明すれば、国王を騙《だま》そうとしたということになる。重罪だ。首が飛ぶかもしれない。

「見苦しいぞ、ジョナス」

ヒューの言葉に、ジョナスはいっそう声を高くする。

「でも僕は、嘘をついてない!! 僕が嘘をついている証拠《しょうこ》なんてない!!」

「嘘はついていないと？」

静かに。国王が問うた。その重々しい響《ひび》きに、広場が一瞬《いっしゅん》、しんとなる。

震えながら、ジョナスはその場にひれ伏《ふ》す。

「神かけて、嘘は言っていません」

続けて、国王はアンを見る。

「そなたは、嘘を言っていないか？　ハルフォード」

「はい」

臆《おく》することなく、アンは国王の瞳《ひとみ》を見続けた。すると国王は、にこりと微笑《ほほえ》みかけてくれた。

「どちらも嘘をついていないとなると、これは、もはや、余にはわからぬ。証拠がないものは、断罪も出来ぬ。栄光も与《あた》えてやれぬがな。ダウニング!!」

「はっ」

呼ばれた老臣が、王のそばによる。

「今年の銀砂糖師は、該当《がいとう》する者がいないようだ。これで、終わる！」

さっと国王は、きびすを返した。そして戸惑っている王家の人々や家臣達を尻目《しりめ》に、悠然《ゆうぜん》と、テントを出ていった。

観衆は顔を見合わせた。

「どういうことだ？」

「王家勲章《くんしょう》は、なしか？」

「選びなおしは？　しないのか」

「だって、王様がいっちまった……」

「選びようがねぇよ」

国王は、作品を選んだ。しかるのちに、退席した。

しかし、作品を作った人間が誰なのか、わからないまま。

前代未聞《みもん》。

今年の砂糖菓子品評会では、結局、銀砂糖師に選ばれる人間はいないということだ。


国王の処置に、呆《あき》れたような顔をして王妃《おうひ》も立ちあがる。そして呆然《ぼうぜん》としているアンにちらりと視線を向けると、ダウニング伯爵《はくしゃく》を呼び、何事かを告げて立ち去る。

ざわめき、顔を見合わせていた砂糖菓子職人たちだったが、国王が品評会を再開する気配がないとわかると、諦《あきら》めて帰り支度《じたく》を始めた。

観衆もざわざわと騒《さわ》ぎながら、歩き出す。

ダウニング伯爵が、ゆっくりとアンのそばにやってきた。

「アン・ハルフォード。王妃様から、お言葉である」

はっとふり返ると、老臣は厳《おごそ》かに告げた。

「来年は、祝祭にふさわしい砂糖菓子を持って来るように、と。楽しみにしているとの仰《おお》せだ」

その言葉の意味を悟《さと》り、アンは喜びが胸に広がる。頬《ほお》が紅潮する。

「はい。……はい！　必ず。必ず参ります」

「ところで、ハルフォード。その妖精《ようせい》の砂糖菓子、売る当てがないならば、わしに売ってはくれぬか？　孫娘《まごむすめ》が近く結婚《けっこん》する予定でな、素晴《すば》らしい砂糖菓子を探していたんじゃよ。六百クレスで、どうじゃ」

六百クレス。金貨六枚。目眩《めまい》のするような大金だ。馬二頭と、新品の箱形馬車が買える。その金額に一瞬、くらりとする。だが、アンは首をふった。

「申し訳ありません。ダウニング伯爵様。これはある人にあげると、約束してしまったものなんです」

「六百クレスじゃよ」

「……すみません」

「そうか。残念じゃが。まあ、そのくらい変わり者でなければ、その砂糖菓子は作れまいよな。ところでマーキュリー。アンダーの処遇《しょぐう》は、任せるぞ。銀砂糖子爵として、適切に処置しろ」

「お任せください伯爵」

大仰《おおぎょう》に、ヒューは腰《こし》を折る。

「では、ハルフォード。来年、また」

さわやかな笑《え》みを残して、老臣は背を向けた。

ざわめきの中に取り残されたアンとジョナスを、腰に手を当ててヒューが見おろした。

「さて、と。アン。こうなっちまったけど、どうするよ。ジョナスの処遇は、俺に一任されたわけだし」

いつの間にかヒューの背後には、サリムの姿がある。獲物《えもの》を狙《ねら》うような目で、ジョナスを見ている。

へたりこんだままのジョナスの体が、びくりとする。顔をあげずに、体を震《ふる》わせる。

「ジョナスに、何か言いたいことはないか？　俺になにかして欲しいことはないか？　俺は、国王陛下みたいに優《やさ》しくないからな。砂糖菓子職人一人、首を飛ばすのなんて平気だぜ」

砕《くだ》けた口調で、訊《き》いてきた。


アンは首をふった。

「ヒュー……銀砂糖子爵様には、感謝してます。参加を後押ししてくださった」

「おいおい、そんなに改まるなよ。ヒューでいいぜ」

ぽんと頭を叩《たた》かれたので、アンは肩をすくめる。

「本当に、感謝してる。ヒュー。ありがとう。ジョナスのことは、もういい。言いたいことはない。言いたいことはないけど……」

打ちのめされた様子のジョナスは、愚《おろ》かな行いの罰《ばつ》を、充分《じゅうぶん》に受けているように見えた。それに今更《いまさら》、何を言ってもはじまらない。

言いたいことはない。しかし。胸にたまったものは、いっぱいある。

「立って。ジョナス」

静かに促《うなが》したが、ジョナスは動かない。

「立って」

再度言うと、ジョナスは顔を伏《ふ》せたまま、のろのろと立ちあがった。

アンは、彼の胸《むな》ぐらをぐっと摑《つか》んだ。

「ジョナス!!　わたしを見て!!」

はっとジョナスが顔をあげた瞬間《しゅんかん》、彼の頰に向けて一発、平手を見舞《みま》った。

ジョナスがびっくりして体をすくめているのを、突《つ》き放す。にっこり笑ってやった。

「ああ、すっきりした！　一発、ぶん殴《なぐ》ってやりたかったの！　これでいいわ」

「適切な処置だ！」

ヒューは、げらげらと大笑いした。背後で、サリムがくすりと笑う。

「よし、じゃあ、解散だ!!」

ヒューの言葉に、アンはぺこりと彼にお辞儀《じぎ》をした。ヒューは微笑《ほほえ》んで頷《うなず》き返した。

二人は、同時に別々の方向に歩き出した。

ジョナスは、ひっぱたかれた頰に手を当てて、その場に取り残され立ちつくしていた。

そのジョナスの足もとに、ちょこちょこと駆《か》け寄ってきたのは、キャシーだった。彼女はそっと、ジョナスのズボンの裾《すそ》を摑んだ。


人が入り乱れる広場の中で、アンは黒い瞳を捜《さが》した。

少し離《はな》れた場所で、こちらを見ているシャルがいた。

アンは自分の砂糖菓子《がし》を手に、ゆっくりと、彼に近づいた。

「シャル。ありがとう。今年の銀砂糖師には、なれなかった。けれど、来年またここに来る。ママを天国へ送るのには、間に合わなかったけど。でもママには、今のわたしの、精一杯《せいいっぱい》の砂糖菓子で、我慢《がまん》してもらう」

あれほど今年の銀砂糖師になることにこだわっていたのに、その思いが漂白《ひょうはく》したようにかすんでいた。

あれは母親恋《こい》しさから、「母親を天国へ送る」という思いに、すがっていたに過ぎなかった。寂《さび》しさや孤独《こどく》をごまかすために、必死に追いかけていただけ。

それを自覚すると、心はすっきりと晴れ渡《わた》っていた。

やっとエマの死を、受けいれることができた気がした。

なぜなら今、目の前に、黒い瞳があるから。

この砂糖菓子を渡して、シャルが目の前から去ったとしても。彼が一度、アンのために帰ってきてくれた事実は、消えない。この世のどこかに、一瞬《いっしゅん》でも、アンのことを思いやってくれた存在がある。それはとても素敵《すてき》なことだった。それだけで、生きていける気がしていた。

そしてアンは本当の自分の未来を、これから追いかけることができる。銀砂糖師になる未来。

それは母親の供養《くよう》のためなどではなく、アンが自分のために選ぶ未来。

――わたしは、銀砂糖師になりたい。何年かかってもいいから……。

新たな決意が心に生まれた。

──ママを越《こ》える、銀砂糖師になる。

「やる気が出てきたの。シャルのおかげ。ありがとう。約束通り、この砂糖菓子はシャルのものだから。返すね」

彼が去る寂しさが、胸をしめつける。しかしやっと生まれてきた本物の希望にすがり、無理に微笑《ほほえ》んだ。

差し出された砂糖菓子を、シャルは見つめた。しかしすぐに、ぷいとそっぽを向いた。

「まずそうだ」

「はぁ⁉」

目をむいたアンに、シャルは言った。

「砂糖菓子は、つくられた形が良ければ、味もいい。できそこないは、味も今ひとつだ。俺は銀砂糖師が作った、特別にうまい砂糖菓子が欲しい」

「な、なによ、それ。これじゃ不満だって言うの？」

「不満だ」

「じゃ、これ以外にどうしろって⁉」

この期《ご》におよんで、なぜこんな憎《にく》らしい口をきくのか。

シャルの綺麗《きれい》な瞳《ひとみ》に見つめられて生まれた、甘やかな気分がすっ飛んでいく。

するとシャルは、さらりと言った。

「来年のこの日に、もらう。それまでは必要ない。おまえが銀砂糖師になるまで、一緒《いっしょ》に待ってやる」

アンは目をぱちくりさせた。

「え……？　一緒に？」

「悪いか」

不機嫌《ふきげん》そうに、シャルはじろりとアンを睨《にら》む。

「悪くは……ない。ぜんぜん。でも、……どうして？」

どうして、と問われたシャルは、むっとして、なんと言うべきか考えあぐねているように見えた。しかし。しばらくすると彼は、降参したようにふっと表情をやわらげた。

答えのかわりに、彼はアンの右手を手に取った。そして。

「アン」

囁《ささや》くように、呼んだ。はじめて、名前を呼んでくれた。そのことに、アンの胸は熱くなった。

シャルは優しく、アンの指に口づけた。慈《いつく》しむように。

それは、なにかを誓《ちか》う行為《こうい》のようだった。

口づけの意味は、わからない。けれど、どうしようもないほど、どきどきした。

シャルが、アンを見つめる。

──綺麗な瞳。嘘《うそ》のない、まっすぐな。

生まれて初めて感じる、わきあがるような愛《いと》しさ。友達を好きなのとは、どこか違《ちが》う。

それは、初恋《はつこい》かもしれなかった。

その時。

「おい、見たか!! 俺の一世一代の、名演技！」

元気な声とともに、ミスリル・リッド・ポッドが、ぴょんぴょん跳《と》んで、広場を突っ切ってきた。シャルはさりげなく、アンの手を離した。

ミスリルはひときわ大きく跳《は》ねると、アンの肩《かた》にふわりととまった。

アンは、申し訳なさと嬉《うれ》しさがどっと吹《ふ》き出す。

「ミスリル！」

思わずミスリルを引っつかみ、ぎゅっと抱《だ》きしめた。

「ごめんね！ ごめんね、ミスリル、ごめんね。あなたが銀砂糖を食べたなんて、一瞬でも、疑って。わたしが馬鹿《ばか》だった。信じ続けてあげられなかった。ごめん。許して」

「おおおお、俺は、ミスリル・リッド・ポッドだ。りゃ、略すなよ。とにかく、許すも許さないも。アンのためじゃなきゃ、俺はこんな真似《まね》しないからな」

ミスリルは真っ赤になりながらも、アンの手から離れると、鼻の下を自慢《じまん》たらしくごしごしこすった。

「でもわたしは、一瞬でも、あなたを疑った」

「へん。人間なんて、馬鹿者ぞろいだからな。アンが馬鹿なのも、織りこみずみだ。アンがあんな勘違《かんちが》いしたっておどろかないし、それで俺は、恩返しの決意を変えたりしないぜ。俺は妖《よう》精《せい》だからな。簡単に恩返しをあきらめたら、妖精がすたるってもんだ」

ものすごく失礼なことを言いながらも、胸を張る。

「あいつの悪だくみに気がついて、俺は、あいつをとっちめてやろうと考えたんだ。悪い奴《やつ》だな、あいつ。恥《はじ》をかかせてやろうと思って、樽《たる》一つ分銀砂糖を喰《く》ってやったぜ！」

わははははは、と笑うが、途中《とちゅう》で気持ち悪そうにうっと呻《うめ》く。

「樽いっぱい銀砂糖を喰うと……さすがに、吐《は》きそう……うぅ」

妖精の食事の方法を考えると、どこから、どんなものを吐くのか見当がつかない。しかし、とんでもないところから、とんでもないものを吐かれそうで、アンは身を引いて牽制《けんせい》した。

「ま、俺はあんまり役に立たなかったけど……てか、アンを窮地《きゅうち》におとしいれた気が……」

威張《いば》りつつもミスリルは、小声で反省する。

「そんなことないよ。ありがとう。でも、どうやってジョナスがわたしの砂糖菓子を盗《ぬす》んだのに、気がついたの？　こっそり、わたしたちについてきてたの？」

「俺はずっと、アンの馬車の中にいたけど」

「え？」

驚《おどろ》いてシャルをふり返ると、シャルは肩をすくめた。

「ミスリル・リッド・ポッドは、銀砂糖を盗んだと疑われた後、おまえの馬車の荷台に逃《に》げこんで、隠《かく》れてた。確かに、おまえの目の前からは、消えてただろう」

「そ、そういう意味……」

ジョナスはミスリルが隠れていたアンの馬車を強奪《ごうだつ》し、結局、ミスリルにしてやられたのだ。

ミスリル・リッド・ポッドは、へんと鼻を鳴らす。

「忘れたか。俺は恩返しのためには、意地でもアンについていく。地獄《じごく》の底まで、ついていく」

「でも今回ジョナスをとっちめてくれただけで、充分《じゅうぶん》な恩返しだよ」

「まだまだ！　俺の恩返しは、こんなもんじゃない！　もっと壮大《そうだい》な恩返しをさせてもらう」

「あ、ははは……。壮大な恩返し……？」

それは、いかなるものやら。なんとなく、怖《こわ》い気がした。

シャルがぽつりという。

「ありがた迷惑《めいわく》という言葉を聞いたことがあるか？　ミスリル・リッド・ポッド」

「ないな、あいにく。おまえこそ、なんでアンと一緒にいるんだよ。ルイストンに到着したんだから、アンは情け深くもおまえを自由にしてくれたはずだろう。どこへでも、自由にいける身分だろうが。なんでここにいるんだよ⁉」

「俺はかかしに、もらうものがある」

また、かかしと呼んだ。アンはがっかりした。

——さっき、アンって呼ばれたと思ったのは、まさか、わたしの幻聴《げんちょう》？

「とことん失礼な奴だな、シャル・フェン・シャル！　いくらアンが、どっからひいき目に見ても、かかしにそっくりとはいえ、かかし、かかしと呼ぶな！」

「かかしをかかしと言って、何が悪い」

「なっ、おまえ‼　かかし、かかしと連呼するなよ！」

「かかしを連呼してるのは、おまえだ」

「とにかく！　事実でも、言っていいことと悪いことが、世の中にはあるんだ！　かかしなんて、かかしなんて!!　そっくりすぎて、笑えないだろうが!!」

力なく、アンは笑う。

「あなたたち……、二人とも失礼なんだってこと、いい加減自覚してくれる？」

すると二人の妖精は、はたと気がついたように言い争いをやめて、お互《たが》いに顔を見合わせた。

——今年、銀砂糖師になれなかった。でもまた来年来るようにと、王妃《おうひ》様がおっしゃった。

それで充分。

美味《おい》しい砂糖菓子《がし》を欲しがる、黒曜石の妖精と。

無理やり恩返ししたがる、水滴《すいてき》の妖精と。

すくなくともこれからは、ひとりぼっちじゃないと知る。

——わたしは、一人じゃない。いつかは、銀砂糖師になれるかもしれない。未来がある。これは最高。

アンは、微笑《ほほえ》んだ。

「ま、いいか。かかしでも、カラスでも。わたし、あなたたちのために、砂糖菓子を作る。素《す》敵《てき》な砂糖菓子をね。わたし、それしかできないから」

空は高く澄《す》んでいる。

王都の広場には、たくさんの砂糖菓子の、甘い香《かお》りが漂《ただよ》っていた。

あとがき

皆様《みなさま》、はじめまして。三川《みかわ》みりと申します。

この本は、第七回ビーンズ小説大賞の審査員《しんさいん》特別賞を頂いた作品を、加筆修正したものです。

ビーンズ小説大賞に応募《おうぼ》するとき、一番心配したのは「応募規定違反《いはん》をやらかさないか？」ということでした。心配するところは、そこじゃない気もしますが。規定違反で、読まれもせずポイが、一番怖《こわ》かった。

応募規定を熟読し、はたと悩《なや》んだのが「四百字詰《づ》め原稿《げんこう》用紙換算《かんさん》で百五十枚以上三百枚以内」という項目《こうもく》でした。「換算というのは、余白まで含《ふく》む文字数なのか？」と。

誰《だれ》かに訊《き》きたい。しかしそんなこと知っていそうな知り合いは、いない。さらにいたとしても、これは、「先生。バナナはおやつに入るんですか」的な、アホな質問に違《ちが》いない……。

そこで考えた方法は、改行や空白を文字数に含めようが、含めまいが、絶対に規定枚数を下回らないし、また上回らない枚数にする、ということ。これなら安心。

表現を切り詰め、ストーリーも、しぼりました。

結果、規定はクリアした模様。

そして本になる段階になって、本にするには十数ページ不足で、加筆が必要と判明。

あまりにも規定に怯《おび》えたため、規定にはおさまっているけれど、一般《いっぱん》的な作品よりは短めになっていたらしいです。

でも加筆させてもらえたおかげで、きっちきちだったお話に、ちょっと余裕《よゆう》が出来ました。投稿したときに比べ、少しでもマシになっていればいいのですが。

こんなに恐《おそ》る恐る投稿した原稿を、きちんと読んで選考してくださった審査員の先生方に、感謝するばかりです。またそれ以前に、選考のために原稿を読んで頂いた編集部の皆様、選考に関《かか》わってくださった皆様にも、こころからお礼を申し上げたいです。

さらに、未《いま》だ役立たずの私にすら、とても親身に親切にご指導くださった担当様。親切にして頂くたび、ちょっと拝んでしまいます。ありがたや。これからもよろしくおねがいします。

さらに、さらに。イラストを描《えが》いてくださった、あき様。描いて頂けると知ったときの、嬉《うれ》しさたるや。そして描いてくださったアンやシャルの素敵《すてき》さ。彼らは果報者です。

最後になりますが。今、この本を手にとってくださっている方々に。

気に入ってもらえなければ、心底申し訳ない。すみません。鼻で笑って忘れてください。

気に入ってもらえれば、万歳《ばんざい》！　ありがとう、愛してます！

すべてのかたに。ありがとうございますと、今一度。

三川　みり

「シュガーアップル・フェアリーテイル 銀砂糖師と黒の妖精」の感想をお寄せください。
おたよりのあて先
〒102-8177 東京都千代田区富士見2-13-3
株式会社KADOKAWA 角川ビーンズ文庫編集部気付
「三川みり」先生・「あき」先生
また、編集部へのご意見ご希望は、同じ住所で「ビーンズ文庫編集部」までお寄せください。

シュガーアップル・フェアリーテイル 銀砂糖師《ぎんざとうし》と黒《くろ》の妖精《ようせい》
三川《みかわ》みり

角川ビーンズ文庫 16225

平成22年4月1日 初版発行
令和3年9月30日 11版発行

発行者——青柳昌行
発 行——株式会社KADOKAWA
〒102-8177 東京都千代田区富士見2-13-3
電話 0570-002-301(ナビダイヤル)
印刷所——株式会社暁印刷
製本所——本間製本株式会社
装幀者——micro fish

●お問い合わせ
https://www.kadokawa.co.jp/ (「お問い合わせ」へお進みください)
※内容によっては、お答えできない場合があります。
※サポートは日本国内のみとさせていただきます。
※Japanese text only

ISBN978-4-04-455007-3C0193 定価はカバーに表示してあります。

角川ビーンズ小説大賞
原稿募集中！
君の"物語"がここから始まる！
角川ビーンズ小説大賞がパワーアップ！
https://beans.kadokawa.co.jp
詳細は公式サイトでチェック!!!
【一般部門】&【WEBテーマ部門】
賞金 大賞100万円
優秀賞30万円
他副賞
締切 3月31日
発表 9月発表（予定）
イラスト／紫　真依